この手を離してしま

おもな登場人物

ピッパ・レイングレー――カフェのオーナー
アシュリー（アッシュ）・カーター――ピッパの親友
デヴォン・カーター――アシュリーの夫。実業家
シルビア、タビサ、カーリー――ピッパの親友たち
キャメロン（キャム）・ホリングスワース――デヴォンの友人、ビジネスパートナー

1

何も高慢ちきなお偉方に気を遣って神経質になる必要はないのに。そう思いつつも、ピッパ・レイングレーは友人のアシュリー・カーターの新居祝いを完璧なものにしたかった。だいたいわたしがなぜ神経質にならないといけないの？　集まった客がいくら桁外れの金持ちでも、やきもきする必要なんてないのに。いいわ。これからカフェを開いてケータリングの仕事を始めるには、たしかにこのパーティーが成功の鍵を握っている。口コミで店の名前が広まるかもしれないのだから。

振り返ってアシュリーの巨大なキッチンを見ると、どの皿から出すか考えた。それにしてもバイトのウェイターはどこでぐずぐずしているのだろう？

ちょうどそのときドアが勢いよく開き、どう見ても二十歳以下にしか見えない若者が飛びこんできた。一目見るなり、ピッパはうめき声をもらした。

「制服はどうしたの？」

若者はぼんやりと見つめ返すばかりだ。

ピッパはため息をつき、目を閉じた。「白いシャツは？　黒のズボンは？　磨いた靴は？」

若者の口がもごもごと動いてからまた閉じた。「すみません。急に助っ人を頼まれて。ここに来れば必要なものはそろっていると思っていたので」

ピッパは息を吐きだした。「給仕の仕事は初めてというわけ？」

「はい」ぼそぼそと言う。「友達に割のいいバイトがあるって誘われて、そいつの代理で来たんです」

ピッパは目を細めた。すばらしいわ。ウェイターさえいないなんて。目の前の若者が客のひしめく部屋でうまく立ちまわれるはずがない。とりもなおさず、それは自分が手助けに行くしかないという意味だ。

おいしいワインを飲みながら、仲間とアシュリーの新居の話に花を咲かせようと思っていたのに。

ピッパは男の腕をつかみ階段へ引っぱっていった。「来て。せめて見てくれくらいなんとかしないと」

若者は目をぱちくりさせたものの、おとなしく友人夫婦の寝室まで引きずられていった。

　ピッパはデヴォンのクローゼットへ突進して、中をかきまわして適当な服を探しだした。

「服を脱いで」きびきびと命じる。

　若者の首が赤く染まった。

　咳払(せきばら)いの音がして初めて、ピッパは部屋にいるのが自分たち二人きりではないのに気づいた。

「どうやらぼくは出直してきたほうがよさそうだ」

　ゆったりとした低い声にうなじがぞくぞくして、ピッパは恥ずかしさのあまり目をぎゅっと閉じた。今や若者のみならず、彼女までばかみたいに真っ赤になっている。振り向くと、キャムこと、キャメロン・ホリングスワースがけだるげにドアに寄りかかっていた。その目が楽しそうにきらめいている。

「なんと、ピッパ、きみは年下が好みだったのか」

　なぜこの男性にはいつも間の悪いところを見つかるのかしら。理解できない。知的で物(もの)怖(お)じせずはっきりものを言い、万事そつなくこなすキャリアウーマン。そう自負している自分が、デヴォンの友人と出会うたびにばかなまねをしでかしてしまうなんて。

　こんな屈辱的な状況に陥る悪循環をとめなければ。ピッパはキャムをにらみつけてから大股で近寄り、シャツとズボンを投げつけた。

「あの子をこれに着替えさせて。二分後には階下に来てほしいから」

うれしいことに相手は面食らって目をしばたたいている。どうやら不意を突けたらしい。やがて彼は顔をしかめて彼女の背後で立ちつくす若者を見た。

「いったいどうなっているんだ？　こいつはデヴォンの服だろう？」

「今はウェイターが必要で」食いしばった歯のあいだから声を絞りだす。「目下この子しかいないってわけ。アシュリーをがっかりさせたくないの。あなたたちもね。というわけだから、とっとと着替えさせて」

ピッパは相手の反応を待たずに、足音も荒くキャムのそばをすり抜けて足早に階段をおりた。

キッチンへ戻るや、急いでトレイを並べてワインとシャンパン用のグラスを置き、小声でぼやいた。今夜は親友の客に給仕をする手助けをしないと。

本当は飲み代が必要などこかの大学生が三人来るはずだったのに。やれやれだ。

一分後に学生がおりてきた。驚いたことにいちおう、身なりを整えている。髪をオールバックにし、ズボンとシャツが少々だぶだぶだが見苦しくはない。

ピッパは若者を手招きしてロブスターのタルトを盛ったトレイを押しつけてから、家主夫婦が接客中の居間に通じるドアへと押しやった。

それからアイランド型のカウンターに戻り、グラスの半分にワインを、残りにシャンパンをついだ。

「手を貸そうか？」

思わず振り返ったもののボトルを手にしたままだったので、中身が床にこぼれそうになった。

「手を？」

キャムがゆっくりうなずく。「必要に見えるが。なぜ一人でできるなんて考えたんだ？アシュリーもばかだ。ケータリングをきみに一任するなんて」

相手の申し出にぞっとしたピッパは、残りの言葉の意味をのみこんだとたんかっとなった。

「遠慮するわ。おきれいな手が汚れると困るから」かみつくように言う。「ご参考までに申しあげると、今のところ充分一人でまかなえているわ。たしかにバイトの子が来ないけど、わたしの責任じゃないし。自分で言うのもなんだけど料理は完璧よ。ただ大切なお客様に運ぶ方法が少々必要なだけ」

「せっかく手伝いを申し出たのに、どうやら侮辱されたようだ」キャムがそっけなく切り返した。

ピッパは両眉を寄せた。ああ、なぜこの人はこんなにすてきに見えないといけないわけ？　どうしてヒキガエルみたいじゃないの？　それかはげ頭か。でも彼ならはげ頭でもセクシーでしょうけど。

「あなたはアシュリーのお客様ですもの」きっぱりと言いきる。「言うまでもなく、こういった手合いには向かないし。給仕をしてもらうのには慣れていても、するほうには慣れていないでしょ」

「ぼくが得意なものをどうして知っているんだ？」キャムがトレイに手を伸ばした。

さすがのピッパもぐうの音も出ず、トレイを持ちあげてキッチンをあとにする広い背中を困惑の目で見送るばかりだった。

シンクにもたれかかったピッパは胸が早鐘を打ち、めまいがしそうだった。

キャメロン・ホリングスワースはゴージャスなうえ、粗野なところがとんでもなくセクシーで傲慢ときている。わたしに向いていない点は多々あるのに。だけど、あの男性には何かがある。

アシュリーがデヴォン・カーターとつきあうようになってから、デヴォンの親友でリゾート開発会社のビジネスパートナーであるキャムとは社交行事でちょくちょく顔を合わせるようになった。あげくに親友の結婚式では彼とペアにさせられたものの地獄みたいだった。なにしろ男らしい香りがわかるほど近くにいながら相手はまるきり無関心なのだから。

ピッパはため息をついた。あんなに腹立たしいことといったら初めてだった。あの人はまさに女心をそそる男性の見本。それなのにわたしに興味のかけらもないなんて。

たぶんわたしはあの人の好みじゃないのよ。問題は相手の好みのタイプがわからないことね。女性連れのキャムにはお目にかかったためしがない。ひたすら人目を避けているか、社会生活がゼロに等しいかのどちらかだろう。

あの人の世界をほんのちょっぴりでもいい、かき混ぜてあげたくてたまらない。

とりとめもなくキャムのことを考えていたのに気づいたピッパは、別のトレイをつかんで深々と息を吸うと、心を落ち着けてから居間に向かった。

明るい笑みを貼りつけて部屋を歩き、客の大半がワイングラスを手にしているのを見てほっと胸をなでおろした。キャムはうまくやってくれたらしい。

「ピッパったら、どういうつもり？」

さっと振り返るとアシュリーが目を丸くしていた。

「あら、アッシュ。お客様は全員、到着した？」

「給仕みたいなまねはやめて」友人が眉をひそめる。「なぜあなたとキャムがお客のあいだをまわっているの？　それにデヴォンの服を着たあの子は誰なのよ！」

「興奮しないで。おなかの子に障るから」

用心深くなだめたピッパの目は、アシュリーが両腕で抱きしめた魅力的なおなかのふくらみに釘づけになった。

「ピッパ、あなたに今夜のパーティーを頼んだのは手助けがしたかったからよ。いい宣伝になるんじゃないかと思ったの。だからといって、自分の新居祝いで友達をこき使うつもりはないわ。給仕ではなく親友としてそばにいてほしいのよ」

ピッパはため息をつき、トレイからおいしい軽食をつまんでアシュリーに手渡した。

「それがね、バイトの子が来なかったの。だから今夜の給仕はわたしとさっきの子、それに例のよだれがたれそうなほどセクシーなハンサムさんしかいないってわけ」

アシュリーの目が皿のように丸くなった。「今のってキャム？　キャムのこと？」

ピッパはいらだたしげな顔をした。「もちろんよ。あの男の子のわけがないでしょ！」

「まあ」アシュリーがささやいた。「考えてもみなかったわ。たしかにキャムはあの陰のあるところが魅力だけど、まさかあなたのタイプだなんて」

話題の主のほうを見やると、ピッパの裏切り者の下腹部がざわめいた。「あの不機嫌そうな唇にキスしてみたいわ」思わずつぶやく。

アシュリーが忍び笑いをもらし、口を手で覆った。目が陽気に輝いている。

「あの人を見たりしちゃだめよ！」ピッパはあわてて注意した。「わたしたちが話題にしているってばれちゃうじゃない」

アシュリーはキャムに背を向けたものの、なおも口元にはにんまりと笑みが浮かんでいる。「で、どうやってキャムに手伝わせたの？　そのすてきな緑の目をぱちぱちさせたのかしら？」

「わからないわ」ピッパは困惑気味に答えた。「向こうが申し出てくれたのよ。なのに、わたしったらちょっと失礼なことを言っちゃって」

アシュリーがくすくす笑う。「失礼なこと？」

ピッパは友人をにらみつけた。「その口を閉じていてちょうだい」

アシュリーはピッパの腕に手を置き、爪先立って親友の肩越しに目をやった。「もう行かないと。まじめな話、あなたのおかげでもてなしの面では大船に乗った気分よ。今夜はお手伝いさん役を頼むけど、給仕をしながら話の輪にも加わってね」

ピッパはトレイを反対の手に移し、室内を見まわした。大切な未来の顧客が大勢いるのに、親友がせっかくくれたチャンスを無駄にするつもりはない。

「あとで話しましょう、アッシュ。今は部屋をまわらないと。あなたのお客様は腹ぺこみたいだから」

ピッパはアシュリーの答えを待たず、明るい笑顔で客のあいだを歩きだした。

キャムが首をめぐらすと、デヴォンが正気を疑うような目で見つめていた。キャムは食器棚に空のトレイを置いてからにやりとした。

「もう耳にたこができるほど同じ質問をされたよ」

「今夜はウェイターの役でも演じているのか？」

キャムは肩をすくめてみせた。「ピッパに手伝いが必要だったのさ。今にも倒れそうに見えて、そうなったらアッシュが喜ぶまいと思ったんだ」

デヴォンは眉をひそめて、しばらくキャムをしげしげと見つめた。「この大ぼら吹きめ」

それでもキャムは親友を無視して群衆の中から目当ての人物を探しだした。ピッパの身のこなしは惚れ惚れするほど優美で、目の保養になる。そのまま部屋を歩きながら客に笑顔で挨拶する彼女のあとを目で追いかけた。ピッパが笑っているものの、声が聞こえないのがもどかしい。

キャムはもう何カ月もピッパを見守っていた。初対面から彼女には目を奪われた。実際にはそのときは会ったわけではなく、見かけただけだったが。同じ行事に参加して三回目でようやく正式に紹介されたのだ。そのときも彼女には大半の人と同じように接した。礼儀正しく、無関心に近い状態で。けれども本当は無関心とはほど遠いありさまだった。当の本人は気づいてもいないが、初対面からピッパに目をつけていたのだ。獲物を狙う野獣さながらに。あれ以来、完璧な機会を待って、待って、待ち続けている。彼女をベッドへ連れていくチャンスを。あのつややかな肌と、絹よろしく光沢のある黒髪に包まれて我を忘れる瞬間を。

指を通す髪の感触――二人を包む髪の感触さえ感じられそうだ。自分にまたがって頭をのけぞらせるピッパ。何度も何度も彼女の腰を引きおろす自分。

エロチックな空想に体が完全に反応してしまい、キャムは毒づいた。まったく。親友の新居祝いの真っ最中なのに。今夜のポイントは赤ん坊と幸福な家庭だ。どれだけ早く四百メートル先の自宅へピッパを連れ帰って、お熱い夜を楽しめるかではない。

自分がピッパに惹かれているのと同じくらい、向こうも自分に惹かれているはずだ。気づかれていると知らず、ピッパがこちらを見つめていることがしょっちゅうあるが、その目は渇望で熱くきらめいていた。彼女の目に率直な思いを読み取れるので、そんなふうに盗み見られる瞬間を心待ちにしているほどだ。

それ以外は厚い仮面をかぶり、無関心を装っている。でもその内側は？　キャムは確信していた。ピッパが温かいものをうちに秘めた、どこまでも女らしい女性だと。あの体の上に指を走らせて甘い喜びの声を聞くのが待ちきれない。

「キャム、いったいどうしたんだ？　おい？」

まばたきして振り返ると、デヴォンがまだそばにいた。キャムは顔をしかめた。「おまえは奥さんの世話を焼く必要があるんじゃないのか？」

デヴォンは首を振った。「気づいているのか？　部屋を歩きまわる彼女にぼんやり見とれる自分の顔がどれくらい哀れを誘うか」

キャムの鼻孔が広がる。「なんの話かさっぱりだ」

「勝手にほざいてろ」デヴォンが鼻で笑う。「やれやれ。さっさと仕事を終わらせてこいよ。そのあとはどこかのホテルに部屋でも取るんだな」

「ああ、そのつもりさ」キャムはそっとつぶやいた。「そして彼女をその部屋に一晩中閉じこめる」

デヴォンが押し殺したいらだちの声をもらすと、そそくさときびすを返した。それでもキャムはピッパを見るのに忙しく、気にもとめなかった。彼女が空のトレイを手に、室内に目をさまよわせてわずかに眉をひそめた。例の若者を探しているらしい。

やがていらだちもあらわにキッチンへ向かった。キャムも置きっぱなしにしていた空のトレイを取りあげ、急いであとを追った。

キッチンではピッパがたじろぐほどの悪態をついていた。今夜バイトをドタキャンしたウェイターの尻を残らず蹴りあげてやるとまくし立てたので、キャムはにやりとしてしまった。

「あの子はどこだい？」

声をかけるとピッパが跳びあがらんばかりに驚き、料理を盛った大皿が部屋の端まで飛びそうになった。振り返った彼女は苦虫をかみつぶしたような顔をしている。「それ、やめてくれない？」

キャムは手をあげて用心深く一歩下がった。

「逃げだしたのよ」うなるように言う。「それもデヴォンの服を着たまま！　どうやって弁償すればいいの？　あのシャツだけでもケータリングの報酬くらい吹っ飛ぶはずだわ」

キャムが腕に手をかけると、ピッパはぴたりと動きをとめた。細い腕の筋肉がさざ波を立て、はっと息を吸う音がする。思ったとおりだ。彼女の肌はなめらかでやわらかいが、引きしまっている。

「デヴォンは痛くもかゆくもないさ」のんびりした口調で応えた。「白シャツと黒いズボンなら二十以上持っているはずだからな。なにしろあいつのワードローブはバラエティに富んでいるとは言えないし。クローゼットをかきまわした身としては断言できる」

ピッパが急にくすくす笑いだし、すぐに笑い声はやんだが、その目に笑いがにじんでいた。

「ぼくがおもしろい男だとわかってもらえてうれしいよ」

「だって、ほら、デヴォンのクローゼットをかきまわしているあなたの姿を想像したらおかしくて」

キャムがピッパの肘の上を親指の腹で上下にゆっくりなでると、彼女は再び静かになった。

「今回は料理を運んだほうがいいかな？　それともワインとシャンパンを持ってもう一まわりしようか？　くそっ。どうせデヴォンのおごりなんだからボトルを何本か置いて、客には手酌で勝手に飲んでもらおうじゃないか。そうすれば二人で料理を持ってまわって、みんなが酔っ払うのを眺められる」

ピッパは小首をかしげて、キャムを一瞬まじまじと見つめた。「あなたにユーモアのセンスがあるなんて思ってもみなかった」

率直な言葉に不意を食らった彼は片眉をあげた。

すかさずピッパが顔を赤らめ、すばやく目を閉じた。もごもごと謝罪を口にするだろうと思いきや、彼女は目を開け、真っ向から見つめてきた。

キャムは笑わずにいられなかった。すると今回は相手のほうが眉をあげた。

体が触れそうなほどピッパに近づくと、女らしい香りやぬくもりに包まれてとりこになりそうだった。

ピッパの頬を片手でこすり、ベルベットを思わせる長い髪を払いのける。想像に違わずなめらかで、人差し指を巻きつけてためしに引っぱってみた。

「提案がある」キャムはささやいた。「酒と料理を残らずトレイにのせて手近な場所に置いておこう。そうすれば二人でここを出てぼくの家に行ける」

ピッパの唇が開いて、うっとりするほど美しい緑色の目が輝いた。「今のが提案？　そんなのじゃ、だめよ」

キャムは両眉をつりあげた。

ピッパが目を細める。「もっとすてきな口説き文句じゃないと家に帰るわよ。一人でね」

胸がすくほど小生意気な態度が大いに気に入った。

キャムは体を傾けて唇を重ねた。うなじを包んで、ほっそりした首から髪へと指を滑らせる。ピッパを引き寄せて鋳型を取るように体を密着させると、我が物顔でキスをした。

溶岩の激流さながら熱いものが血管を流れていく。キャムはピッパがほしかった。どうしようもなく。

ようやく体を離すころには二人とも息を荒らげて、ピッパの目はとろんとしていた。

「それならきみをうちに連れて帰って一晩中愛しあうのはどう?」キャムはささやいた。

ピッパがふっくらと腫れた唇をなめた。「そのほうがいいわ」

そのハスキーな声が下腹部を直撃し、キャムはぎりぎりまで追いつめられた。誰に見られてもおかしくない友人宅のキッチンでピッパを奪いそうなほど。

「料理を頼む」声が張りつめていた。「酒はぼくが運ぼう」

2

キャムに勝手口のドアから連れだされたとたん、冬の冷気がピッパの耳をなぶった。彼女はキャムの手をほどいてコートを体に巻きつけようとしたが、すばやく手首を握り直され、車まで連れていかれた。

ふいにキャムが黒のキャデラック・エスカレードのそばで立ちどまって、手をなおしっかり握ったまま彼女のほうを向いて眉を寄せた。

「ここへはどうやって？　運転してきたのか」

運転？　車どころか運転免許さえないのに。ケータリングの仕事を始めたら配達の際が問題だった。

ピッパはかぶりを振った。「アシュリーが迎えの車をよこしてくれたの」

キャムが眉を片方つりあげた。「ニューヨークからここまでどうやって料理や酒を運んだんだ？」

ピッパは顔を赤らめた。なんだかキャムに仕事の能力を値踏みされているようだ。

「この近所で買い物して作ったの。アシュリーの新居のキッチンはすばらしいから。ワインは配達よ」

キャムは助手席のドアを開き、彼女を押しこまんばかりの勢いで車に乗せた。「それならよかった。完璧だ。明日の朝は車できみを街まで送らせよう」

言うが早いかドアを閉め、大股に正面をまわり運転席のドアを勢いよく開けて乗りこむや、座席に座るのもそこそこにイグニッションにキーを差しこんだ。

またしてもピッパは女心をちょっぴりくすぐられた。キャムの態度を見れば、一刻も早く自分をベッドへ連れていきたがっているのは一目瞭然だ。

キャムの住まいが近いのは知っている。アシュリーから引っ越しで近所になったと聞いていたからだ。

ハンドルを握りしめたキャムが車を私道から舗道に入れ、四百メートルほど走ったところで門が見えてきた。門が開き、くねった私道で車が加速した。

暗闇で周囲の様子は定かではない。明かりはついておらず大邸宅は影に包まれ、ぼんやりとしか見えないが、近寄りがたい雰囲気だ。中世の住居さながら石造りで大きく不格好なのだろうか。デヴォンが〝まるで洞窟だ〟とキャムをからかうのを聞いていたから、内心ピッパは興味津々だった。

　到着寸前、キャムがSUVから遠隔操作をしたらしく家の照明が次々についた。ピッパはすかさず身を乗りだして屋敷を一目見ようとしたが、あいにく車がガレージに入ったので結局見えなかった。

　神経質になるまいと決め、車をおりて勝手口へ行くと、キャムが片手を腰に添え中に案内してくれた。

　入った先は羨望のため息がもれそうなほど広いキッチンで、料理に携わる人間にとってはまさに天国だった。ただショールーム並みにぴかぴかで、使ったことがあるのかといぶからずにいられなかった。

　キャムが立ちどまる暇もなくずんずん進み、巨大な居間を抜け、玄関広間に出て木製の階段をあがっていく。後ろ手に引っぱられたピッパはほとんど小走りでついていった。

　広い主寝室に着くころにはわずかに息を切らし、やっと追いついたと思う間もなくキャムに引っぱられてぴったり抱きしめられ、貪欲なキスに頭がくらくらした。

「きみは憎らしいほど美しい」つぶやきながらピッパの顎から耳へと唇を這（は）わせる。「頭がおかしくなりそうだ。きみが近くにいるとわかっただけで」

　ピッパは満足げにわずかに笑みをこぼした。こんな言葉を聞きたくない女がいるかしら？

キャムが体を離してピッパの肩を乱暴なほど強くつかんだ。荒い息で立ちつくし、指が彼女の肌に食いこみそうだった。

「二人とも我を忘れる前に話したいことがある」

静かな口調ながらも、燃えるような瞳にピッパの全身に震えが走った。キャムはわたしを求めている。その点は疑いの余地はない。こんなふうに見つめられただけでここまで激情に駆られたのは初めてだ。

「知っておいてもらいたいんだ。はっきりさせておけば、誤解が生じずにすむ」

ピッパは好奇心をかき立てられて片眉をあげ、そっとキャムの手から身を振りほどくと、ベッドの端に腰かけて脚を組んだ。

「続けて。聞くから」

情熱的な前戯を中断するほど重要な話って何？

キャムは片手で口をぬぐってから一瞬顎を包むと、光を放つ瞳で彼女をもう一度射すくめた。「ぼくは生涯の約束がどうのといった永遠の関係を結ぶつもりはないんだ。ベッドをともにするなら心得ていてほしい。これは一夜かぎりの関係だと。後日きみに電話をかけることもない。ただ終了だ。朝になったらここを出てほしい。自宅へは車で送らせる」

ピッパは目をぱちくりさせてから笑いだした。キャムはもしやわたしがむっとして、足音も荒く寝室から出ていくと想像していたのかしら？

なおもほほえんだままピッパは腰をあげて、ゆっくりキャムに近づいていった。それから彼のシャツのボタンを、次に首と顎を指でなぞった。

「あなたってすごくまじめなのね、キャム」のんびりした口調で言う。「まさかプロポーズなんて期待もしていなかったわ。今夜を境にわたしがあなたにべったりくっついてあれこれ要求すると思っていたらがっかりしちゃうわよ。わたしの望みは刺激的なセックスなの。あなたにもらえるかしら？」

吸いこまれそうな青い目に安堵の色が揺らいで、キャムが荒い息を吐いた。彼の手に腕をつかまれたので、ピッパは広い胸に手を置いた。

「ちょっと待ってよ。わたしもはっきりさせておきたいことがあるの」

不意を突かれたのかキャムが眉間にしわを寄せた。

「避妊具はもちろんあるんでしょうね。わたしはなんの準備もないから。コンドームがないならセックスもなしよ。念のために言えばわたしは健康だから」

「コンドームならある」キャムがうなるように言った。「ぼくは——」咳払いをして続ける。「久しぶりだが同じく健康だし、避妊を欠かしたことはない」

ピッパは彼のシャツをつかんで引いた。「それならもう話はないわ」そう締めくくって彼の顔を引き寄せて唇を重ねた。

キャムは欲望で喉を締めつけられ、頭がくらくらしてきた。ピッパは予想どおり、いや、それ以上にすばらしい。甘くも刺激的で、おまけに積極的。ぼくの寝室で誘惑をしかけてくる。

ピッパがいらいらとズボンからシャツを引き抜こうとする仕草がいとおしい。キャムはベッドで主導権を握るのに慣れていたが、はっきりと自分の権利を主張する彼女にひどくそそられていた。

ピッパの指がウエストバンドから滑りこみ、ズボンの前を開けようとする。気がどうかしそうになったキャムは、猛り狂う血を静めようと深々と息を吸った。

努力の甲斐もなく、ズボンの前が開くやピッパが手を伸ばしてきて高まりを包みこんだ。

ああ、まいった。

ピッパは爪先立ってキスをするあいだも、絹さながらすべすべのやわらかい指で高ぶったものを愛撫してくれた。「本当は膝をついて人生最高の経験を味わわせてあげたいけど、初めはだめよ。実は初めてのお手合わせにはちょっぴり注文が厳しくって。先にわたしの世界を揺るがせてほしいの」

今のが挑戦でなければなんだというのだろう。キャムは体を離してピッパをベッドに戻らせた。もどかしそうに服を脱がせると、いまだかつてないほどセクシーな下着姿がお目見えした。

黒い下着を身につけたピッパはセイレーンのごとき妖婦そのものだ。黒髪に小悪魔的な黒いレースのショーツ、かろうじて胸の頂を隠すブラジャー。乱れた髪がベッドから出てきたばかりのようでかぶりつきたくなる。それにあの目。興奮に彩られ、なまめかしいにもほどがある。彼女は単なる美人ではない。とんでもなく魅力的だ。

キャムはピッパをマットレスの上に横たわらせ、自分のために四肢を広げている姿を愛でた。まさに目の保養だ。あの体におぼれたい。この手で、そして目で慈しみ、香りを楽しんで……。情熱でかすれた声で自分の名をささやく声が聞きたい。だが一番の望みは、あの肌をあますところなく味わうことだ。

欲望で歯止めがきかなくなるのがわかっていたので、先に手探りでナイトテーブルから避妊具の箱を取りだしベッドに放った。

それからやわらかな体にぴたりと覆いかぶさり、唇を奪った。

稲妻に打たれたようだった。全身にパワーがみなぎり、筋肉という筋肉が張りつめる。ピッパも負けず劣らず情熱的にキスに応え、両手で彼の背中をくまなくなでまわした。

キャムは今夜、初めに思い描いた鮮明なイメージを思い出し、ピッパを抱いたまま仰向けになって自分にまたがらせた。

現実はおぼろげな妄想を凌駕していた。実際にピッパをこの腕に抱き、太腿で両脇を挟まれるのとは比べ物にならない。

「下着を脱いでくれ」ざらついた声で促した。「ぼくが見ていられるよう今すぐここで」

キスでふっくらした唇によこしまな笑みが浮かぶ。ピッパはおもむろに背中に手を伸ばしてブラジャーを外し始めた。すぐ脱がずに小さなレースの塊で胸を隠し、ストラップをじりじりと両腕から落とす。

キャムはかろうじて息ができるありさまで、期待のあまり窒息しそうだった。ようやくブラジャーが取れると、あらわになった胸を視線でむさぼりつくした。

完璧な胸だ。形もサイズも。豊かで張りがあってつんと上を向いている。しかも口に含んでほしいと言わんばかりのおいしそうな頂。

「ショーツを脱ぐには手を貸してもらわないと」ささやくピッパの瞳がいたずらっぽくきらめく。

キャムは口ごもりながら返事をするどころか、うなずくことしかできなかった。今なら何を言われても同意していただろう。

ピッパが身を乗りだしたので惚れ惚れする胸がキャムの鼻先ではずんだ。それから彼の上に片脚を滑らせる形で横を向き、ショーツをゆっくりおろし始めた。

キャムはどう手を貸せばいいかわからないがやる気だけは満々で、片肘をついて寝転がると空いた手で彼女のウエストを支えて小ぶりなヒップをもてあそび、絹を思わせる手触りを楽しんだ。

膝まで下げた下着がマットレスでつかえると、ピッパが仰向けになって彼の胸の上に両脚を伸ばす格好になった。

キャムは嬉々としてあとを引き継ぎ、ショーツを彼女の足から取り払うや、部屋の反対側に投げて飢えた獣さながら彼女を求めた。

ピッパの体を組み伏せ、肌と肌がこすれる感覚にさいなまれながら首筋にキスしてかんだりなめたりしてから、胸のふくらみを堪能すべく体を下げる。

ピッパは非の打ちどころがない。細すぎも、太すぎもせず丸みを帯び、ただただ……完璧だ。

とがった胸の頂を口に含むと、ピッパの口からため息がこぼれた。硬く、それでいてベルベットさながらなめらか。そして肉感的でとてつもなくやわらかい。まさしくえも言われぬ組み合わせだ。キャムは頂をやさしく吸って唇のあいだで転がし、舌で繰り返しはじいてからさらに固いつぼみになるまでとがらせた。

それから胸の谷間をたどって反対側の頂へ移り、つかの間もてあそぶと、ピッパが彼の下で絶え間なく身をよじらせ、胸を激しく波打たせた。

「きみはいまいましいほど完璧だ」思わずささやいた。「いくら味わっても飽き足りない。きみの手料理よりもいい味がする」

顔をあげると、ピッパの唇がとがるのが見えた。「わたしの手料理をまだ味わっていないくせに。一口食べたらほっぺたが落ちちゃうわよ」

キャムは声をあげて笑うと、手のひらで彼女の胸を包み、先端が再び硬くなるのを見守った。「これが好きなんだな、ピッパ。ほかに何が好きなんだ？　きみを喜ばせる方法を教えてくれ」

「あら、あなたは上手だからなんの不満もないわ。男の人が自分の楽しみを後まわしにして丹念に愛してくれるのって最高」

「おっと、でもこれはぼくの楽しみだよ」キャムはささやいた。「きみに触れるのが、きみを味わうのが大好きなんだ。きみの反応を見るのが。興奮すると目の緑が濃くなるのも」

「そのまま続けて。こういうのって大好き」ピッパが喉をごろごろと鳴らすようにして言う。

「どこを触れられると好きなのかな？」

ピッパの目が再び色味を増した。彼の手を取って腹部から脚の合わせ目まで滑らせると、指をやわらかな部分へと導き、敏感な箇所をそっとなでさせた。

キャムが教えられたとおりに繰り返すと、ピッパはうめき声をもらした。ああ、そうよ。それが好きなの。もっとして。

キャムも彼女に負けず劣らずよこしまになれた。なおもベルベットを思わせるやわらかな部分をなでながら、頭を下げて彼女の胸の頂を吸いあげる。

ピッパが叫び声をあげて体を弓なりに反らし、彼の髪に両の指をからめた。力強く、自分が好きなものを心得て要求してくるピッパ。キャムはそんな彼女が大いに気に入っていた。

最後に一回、親指でピッパの喜びの源をなでてから片手を引いてコンドームをつかむと、前のめりになってキスしながら彼女の脚を開いた。まだ続けたいのはやまやまだが、今夜はこれ一回きりにはならない。彼女がここにいる時間を存分に楽しむつもりだ。明日は二人とも歩くこともできないだろうが、かまわない。

キャムは彼女の口角をついばんだ。「準備はいい？」

返事の代わりにピッパがキャムの腰を両脚で挟み、体を浮かせて応えたので、彼はもどかしげなその様子に思わず笑みをもらした。

片方の腕を彼女の肩の横につく。「ぼくを中へ入れてくれ。どれだけぼくがほしいか見せてくれ」

瞳孔が揺らいだかと思うと、ピッパが手をおろして指で彼を包みこんだ。そのまま彼を導き体をのけぞらせたので、先端が少しだけ滑りこむ。

二人そろって苦しげな声をもらした。もう後戻りできず、キャムは腰を押しだして奥まで突き進んだ。初めはピッパを傷つけないか案じていたが、相手が彼の肩に指を食いこませて〝やめないで〟と叫んだ。

キャムはにやっと笑って小生意気な口にキスしてから、激しいリズムで腰を振った。やさしさや優雅さ、洗練や上品といった言葉とはほど遠かった。

どこまでも猛々しく、ピッパは与える分だけ自分も受け取った。キャムのすべてを、そしてそれ以上を要求する。彼女のそんなところが好ましい。

ピッパが唇を重ねてから彼の顎をかじり、さらに下に移動して首筋に歯を立てた。このキスマークは何日も消えないだろう。彼女の所有の印を他人に見られると考えただけで男のプライドがくすぐられる。

もっともキスマークをつけているのはお互い様だ。

「ぼくについてこられるか、ピッパ？」キャムはあえいだ。「ついてきてほしいんだ。ぼくはもう限界だ」

「それだったら」ピッパが食いしばった歯のあいだから絞りだすように言った。「もっと激しくして、キャム。攻め続けて。お願いだからやめないで」

　まるでぼくがやめられるみたいじゃないか。

　キャムは吠えるような声を出し、力強く、すばやい突きで何度も身を沈めた。もう何も考えられない。ピッパのことしか。彼女が自分の下で身をよじり、やわらかな体で包みこむ。キャムは甘い香りを吸いこみ、悩ましい声を聞き、なおも舌であおった。ああ、なんてことだ、骨の髄まで彼女を感じる。

「キャム！」ピッパが声も高らかに叫んだ。

　指をキャムの肩に食いこませて彼の下で激しく体を震わせた。体がこなごなに砕け散る気がした瞬間、キャムは彼女を抱きしめ、自らも叫び声をあげた。

　次に気づいたときにはピッパの体の上に大の字に伸び、全体重をかけていた。それはいやになるほどいい感じだった。彼女を押しつぶしそうだったが不満を言われるどころか、体を離そうとしてもしっかり抱きしめられて逆に動けなくなった。

キャムはしばらく横たわったまま息を整え、うめき声をもらしてから寝返りを打ち避妊具を処分した。

振り返るとピッパが仰向けに寝そべり、恍惚(こうこつ)とした顔をしていた。

「あなたのせいで死ぬかと思っちゃった」ぽつんとつぶやく。「第二ラウンドはいつ始められそう?」

3

のろのろと目を開けたピッパは、顔を包む白い雲を無言で凝視した。体を貨物列車に轢かれたみたいだ。ああ、それなのにすばらしい気分。

自分が枕の上にうつ伏せで寝ていることに気づくまで少し時間がかかった。頭をあげると目を覆う髪をいらいらと払って、片肘をついて寝転がった。

ベッドは空で、足元にきれいにたたんだ自分の服が置いてある。起きたらすぐ出ていく約束をさりげなく思い出させるように。ピッパは鼻にしわを寄せた。キャムはとっくに姿を消し、昨夜このベッドで一緒に寝たのかもわからない。枕にはへこみはない。残り香もぬくもりも。最高級のシーツを引き裂きそうなほど熱い一夜を過ごした痕跡はどこにもない。

ピッパはため息をつき、シーツで胸を隠してなんとか体を起こしたものの、上品ぶる必要はないのに気づいて鼻を鳴らした。キャムは最初からはっきりさせていた。翌朝顔を合わすような気まずい場面は望んでいないと。彼がふいに入ってくる心配はない。仮に入ってきても初めて胸を見られるわけでもないし。

キャムはこの胸を目にしたどころか、なめたり吸ったり、あがめるように愛撫(あいぶ)してくれたじゃないの。

一晩中、何度もじっくり愛を交わしたのを思い出すと胸の先がとがり、全身がわなないた。どうにか服を着て階段をおりた。

ピッパは熱いシャワーを長々と浴びたいという誘惑に駆られた。最後にシャワーを浴びているところを中断され、また一汗かいたからだ。キャムと一緒にシャワーを浴びたあとで何度も何度も。でも今はぐずぐずするつもりはない。後腐れなく出ていくのを望まれているのだから。

ピッパは時計を確かめて思わずうめいた。もう九時過ぎだ。とっくに起きて出ていく予定だったのに。

ベッドから這(は)いでると、筋肉が悲鳴をあげてたじろいだ。今まで使った覚えのない場所まで痛む。下着とワンピースを身につけて靴を履き、化粧道具はないが、せめて髪を整えようとバスルームに急いだ。

手櫛(てぐし)で髪を整えたあとゆったりまとめ、バッグから大きなクリップを出してとめる。最後にサングラスをかけるとまずまず見られるようになった。

深呼吸して寝室を出てから静かに階段へ向かった。キャムは家にいるのかわからないが、ベッドを出たのが遅かったのに気づかれたくなかった。

忍び足で階段をおりたところで、長身で陰鬱な面持ちのうえ、年齢不詳の男性が声をかけてきた。

「ミス・レイングレー、玄関前で送迎の車が待機しております」

ピッパはたじろいだ。「すみません。ずいぶんお待たせしました？　あいにく寝過ごしてしまって」

執事とおぼしき、年配の男性がピッパにやさしくほほえみかけた。「どうぞお気になさらずに。さあ、こちらへ。玄関までお見送りしましょう」

巨大な二重扉の玄関まで歩いていくと執事がコートを広げてくれたので小声で礼を言い、袖に腕を通した。執事がドアを開けたとたん冷気にさらされ、目の前の白い風景に思わず目をしばたたいてからほほえんだ。「雪が降ったのね！」

「さようで。天気予報では十五センチ積もったとか」

ピッパは差しだされた腕を取って階段をおりた。セクシーなピンヒールは凍った地面には向かない。

黒光りするセダンの後部座席へ丁重に案内してもらうと、車内はすでに暖かかった。執事がドアを開けたまま一瞬、彼女を見つめてきた。

「どうぞお気をつけて」

「ありがとう」ピッパはささやいた。

ドアが閉じると、運転手が除雪済みの私道に車を入れた。ピッパは腰かけたまま、昨夜はよく見えなかった邸宅を振り返った。

大きくて不格好ながらも思ったほど威圧的ではなく、付近に点在するほかの大邸宅とも調和している。

ただ四方を鬱蒼（うっそう）とした森に囲まれ、人目を避けているようだ。広さは半端ではなく、くねった私道を進むあいだ、隣家どころか道路すら見えなかった。

たしかにデヴォンがからかっていたようにキャムは世捨て人みたいだ。あの暗い情熱の味を堪能した今はいぶからずにいられない。キャムはどれくらいの頻度であえてあの洞窟で女性を誘惑するのかしら。

ピッパは思わず笑いだしそうになった。なんだかキャムが隠れ家で美女を待つ不機嫌な野獣みたいじゃないの。野獣どころか、キャムは美男だわ。罪深いほどゴージャスで、怖いくらい非の打ちどころがない。

それにキャムとの一夜は夢のようだった。これから一週間は狂おしい官能の思い出に身もだえするだろう。と思う間もなく、甘美なうずきが背骨から四肢に広がり、またも全身が目覚めてしまった。

車が私道の最終カーブに差しかかったとき、ピッパはあの立派な建物を最後に一瞥（いちべつ）した。それからため息をついて頭を背もたれにあずけ、目を閉じた。

ピッパを街まで送る車が遠ざかっていくのを階上の書斎のブラインド越しに見送っていたキャムは、車が見えなくなってもしばらく目を凝らしていた。

やがて顔を背け、ポケットに手を突っこんで長いあいだ立ちつくしていた。次に何をしていいのかわからず当惑していらだち、ふいにいても立ってもいられなくなった。これでやっと一人になれた。この静かすぎる家に。それが突然……耐えがたくなるとは。

キャムは顔をしかめた。なんともしゃくに障る女性だ。ピッパのすべてが不意打ちだった。たぶんアシュリーのようにやさしく内気な女性だと思いこんでいたせいだろう。初対面からの望みどおりピッパをベッドに誘い、自尊心は慰められたかもしれない。

だが代わりに、彼女のせいで自分の世界を揺さぶられてしまった。大胆で自信にあふれ、望みのものにためらわず手を伸ばすピッパ。そんな女性がぼくを望んでくれた。それで自尊心は満足するはずだった。

それなのに不満で仕方がない。なぜなら……いまいましいことに二人の形勢が逆転したからだ。

ピッパから〝ねえ、あなたがほしいけどしがらみはごめんなの〟と袖にされたみたいじゃないか。

自制のきいたピッパと比べ、自分は制御不能で、セックスフレンドさながらしゃにむに彼女を求めた。理想とする、冷静で威厳のある男とは別人だった。

そして……そのせいで悩んでいるのだ。大いに。

首を振って廊下を寝室へと向かったキャムは、ためらいながら中に入った。ついさっき車を見送ったのだからおかしな話だが、ピッパがまだ部屋にいて、女らしい香りまで鼻腔(びこう)をくすぐる気がした。

キャムの視線はしわくちゃのシーツや乱れた枕の上をさまよった。シーツはかろうじてベッドに貼りついている状態で、大半は床に落ちている。

ピッパを客室に連れていくべきだった。女性を自室へ連れてきた例は一度もない。もし昨夜頭が働いていれば、彼女にプライベートな領域を邪魔されないよう階下の部屋を選んでいただろう。けれどもあのときはただひたすら〝一刻も早くピッパをベッドに連れこみたい〟としか考えられなかったのだ。

欲望なんて、くそ食らえだ。

だがこうしてとことんピッパを味わいつくした今はのぼせた頭も冷め、彼女が三メートル以内に近づくたびに正気を失ったりはしなくなるだろう。

内心はその考えが見当違いだとわかっていたものの、心の平安のために異議は唱えなかった。

バスルームに入ると清掃の女性がじきに目にする惨状にたじろいだ。シャワー室のドアは開けっぱなしでタオルは床に散らばり、カウンターの上はめちゃめちゃだ。一刻も早く一つになりたくてカウンターの端にピッパをのせる前にものを払いのけたせいで。

床に打ち捨てられたコンドームは少なくとも二つ。

キャムは二つをごみ箱に放り投げてから、シャワーのそばの床に転がった別の一つをティッシュに包んでごみ箱に向かいかけた。と、そのとき、ふとあることに気づいてパニックに襲われた。

頭が真っ白になり目の前の事実を処理できずにいたが、やがて卑猥(ひわい)な言葉が次から次に飛びだした。

胃が引きつり額は汗ばみ、口もからからに乾いていた。

目を閉じて見間違いであることを願ったが、再び目を開けたときわななく手には動かぬ証拠があった。

破れたコンドームが。

4

ピッパは通りの向こうに携帯電話を投げ捨てたくなったが、その衝動をねじ伏せた。そんなまねをすれば携帯を交換するはめになるのが落ちだ。これ以上悪い一日になることなんてあるかしら？

せっかくカフェとケータリングビジネスにぴったりの店舗を見つけたのに、おじゃんになってしまった。立地もよく、希望に沿う条件で必要な設備もそろい、あとは少し改装してオープンカフェにすればよかったのに。

かわいいカップケーキと小さなペストリー、おいしそうなパンのにおい、そんな夢も水の泡だ。

ピッパは冷たい霧の中、息を吐いてアパートメントへの階段をあがった。鍵を開けていると携帯電話が鳴りだし、またも通りに投げ捨てたくなった。

どうにかドアを押し開けて暖かな室内に入ると、ドアを足で閉めてから電話をちらりとない。

見た。未登録の番号だが、未来の顧客に番号を渡していたとしたら無視するわけにはいか

ため息をついて通話ボタンを押し、電話を耳に当てた。「ピッパ・レイングレーです」

肩からコートを脱ぎかけたところで電話越しにキャムの声が聞こえてきた。

「ピッパ、キャムだ」

思わず動きをとめて含み笑いをもらし、携帯を持つほうの腕にコートをぶらさげたまま応じた。「あら、こんにちは、キャム。驚いたわ。連絡はいっさいなしという話だったのに。光栄だけどどういう風の吹きまわし？」

「コンドームが一つ破れていたんだ」簡潔な答えだった。

ピッパは電話を反対の手にすばやく持ち替え、脱ぎ落としたコートを玄関に置きっぱなしにして居間に向かった。きっと聞き違いに違いない。

「もう一度言って」声が震えていた。

耳に電話をしっかりと当ててソファーに沈みこむ。

耳元でため息ともつかぬ音が聞こえたかと思うと、相手が口を開いた。「シャワーを浴びながら使ったコンドーム。あれが破れていた。きみが帰ったあと見つけたんだ。シャワー中だったから、あのときはわからなかったんだろう……証拠もなくて……。ともかく、

ぼくは気づかなかった」

心臓が喉までせりあがり、ピッパは目をぎゅっと閉じた。気づいていなかったのはお互い様だ。

キャムは飽くことを知らなかったが、その点はこちらも同じだ。あのときは避妊具がきちんと機能を果たすかどうかなど考えてもいなかった。破れたのがほかのときなら、二人とも気づいたに違いない。でもシャワー中だったら？

「ピッパ、もしもし？」

耳障りな声にピッパは物思いから覚めた。

「聞いてるわ」弱々しい声で応じる。

「話しあわないといけない」

ピッパは眉をひそめた。「なぜ今ごろ電話を？　気づいたのはいつ？」

しばし間があった。「昨日きみが帰った直後だ」

「それなのに、今ごろになって電話をかけてきたわけ？」金切り声でつめ寄る。「昨日教えてくれれば、何か手を打てたかもしれないのに」

キャムに激怒する以外に何ができたかはわからないけど。事後ピルをのむとか？　少々手遅れだったかも。もっともその手のことにはてんで疎い。とはいえ、少なくとも調べたうえでなんらかの決断をくだしたはず。

「落ち着いてくれ、ピッパ」

キャムの口調がかえって怒りに油を注いだ。

「これが落ち着いていられる？」はらわたが煮えくりかえりそうだ。「破れたコンドームの結果を受け入れるはめになるのはあなたじゃないんだから」

「ぼくが受け入れないだと？」キャムが憤然と言い返す。「ぼくにはきみほど計画外妊娠の影響がないと思うなら、見当違いもいいところだ。きみがわめくのをやめてくれれば、大人として選択肢を話しあえる」

ピッパは唇をかんで出かかった言葉をのみこんだ。

「きみの反応はもっともだ。不意打ちを食らっておびえているのはよくわかる。この件はぼくにとっても生やさしいことじゃない。でもぼくに八つ当たりしたところで互いのためにはならない」

キャムに非難されたとおりのまねをしていたと気づいてピッパは押し黙り、電話を握りしめた。やっぱりさっき電話を投げ捨てていればよかった。それならこんなつらい話をしなくてもすんだのに。

「少なくとも妊娠がはっきりするまで、ぼくのうちに越してきたほうがいいと思う」

ピッパは口をぽかんと開け、信じられない思いで眉を寄せた。「なんですって?」

キャムが再びため息をついた。「電話で話すような話題じゃないな。一時間で迎えに行くよ」

ピッパもようやく気持ちが落ち着き、しゃがれた声で言った。「だめ」

「それならきみはどうしたいんだ?」キャムがいらいらと尋ねる。

頭がずきずきし始めたので、ピッパはこめかみをもんで頭痛をやわらげようとした。

「ねえ、キャム、お宅に越すつもりはないから。そんなばかげた提案は聞いたこともないわ。何も直接顔を合わせて話さなくてもいいでしょ。今はあなたに会いたくないの。ショック状態だし、自分の選択肢を考える時間が必要だから。わたしにはかまわないで。連絡先は知っているから妊娠したかわかったら必ず知らせるわ。それまでは引っこんでいてもらえるとありがたいんだけど」

「くそ、そんなのはごめんだ。なあ、ピッパ、ぼくは知っておきたいんだ。きみと、それから……赤ん坊が……安全かどうか。つまり妊娠していればの話だが。そのためには目の届く場所にいてもらうのが一番なんだ」

キャムはピッパやまだ仮定にすぎない赤ん坊の安全を心配している。片や彼女自身は現時点では逆に赤ん坊がいたらどうしようかと心配だった。

「あなたが何をしたいかなんてどうでもいいわ」

ピッパはそっけなく言い放つと、耳から電話を離して終了ボタンを押した。ふと相手が頑固なタイプだと思い出し、電源を切って携帯電話を押しのけた。

そのまま数分間、座ったままぼんやり宙を見つめ、破れたコンドームが意味するものを理解しようとした。この問題を〝一回で妊娠する人なんている?〟などと笑い飛ばすほど愚かではない。

ピッパは勢いよく立ちあがった。何かしないと。情報を集めて可能性を探ろう。おそらく危険日のはずだが、月経周期を記した日記を見に寝室へ急いだ。

ページをめくって最後の生理の日を見つけ、頭の中で時期を計算してから荒々しくうめいた。これほどどんぴしゃりのタイミングなんてある?

いいわ、たしかに可能性は大よ。次に必要なのは選択肢を考えること。選択肢があればの話だけど。

憎むべき携帯電話を取りに戻り、電源を入れたピッパは着信履歴や留守番電話の伝言、メールをことごとく無視した。たぶん全部キャムからだ。今ごろはもう車でここへ向かっているかもしれない。

次に、出てくれますようにと祈るような気持ちでカーリーの電話番号を押した。

少しして友人の明るい声が聞こえてきたので、ほっと胸をなでおろした。

「ピッパ！　元気？　貸店舗の件はうまくいった？　わたしもわくわくしちゃって！　アシュリーの新居祝いはどうだったの？　行けなくて本当に残念。アシュリーががっかりしてなかったらいいんだけど」

ピッパは友人の弾丸トークにひるみ、口を挟めるまで待った。「カーリー、今、暇？　至急みんなに会いたくて。招集をかけてくれる？　緊急事態なの」

さしあたってはアパートメントでぶらぶらしているのはよくない。キャムが顔を出すと決めているなら論外だ。今は何よりも、おなかにいる可能性がある子供の父親と顔を合わせるのだけは避けたかった。

5

友達との待ち合わせの店に近づくにつれ、ピッパの歩幅は自然と大きくなった。

みぞれ混じりの粉雪が頬を刺し、ピッパは冷気で自分が正気づくのを願った。衝撃がいくらかやわらぐことを。けれども電話でのキャムとのやりとりのせいでいまだに頭がくらくらしていた。

店のドアを開けるやマフラーをほどいて部屋を眺めまわすと、隅のブース席に友達の姿が見え、安堵で恐ろしい緊張感がいくらかやわらいだ。

テーブルのあいだを縫うように進むと、タビサが顔をあげて勢いよく手を振り、続いてシルビア、カーリー、アシュリーも顔を向けた。

ピッパは四人から順に抱擁を受けてから、興味津々で見つめるアシュリーのそばに腰をおろした。

「何があったの、ピッパ？　カーリーが全員に電話をくれたけど、詳細は教えてもらえなくて」

「カーリーにもまだ伝えていないから」ピッパは悲しげに答えた。「もしかして早まったまねをしているのかも。でもパニックに陥っているから、選択肢を考えるのにみんなの助けが必要なの」

「まあ、大変！　いったい何事？」タビサが叫ぶ。

ピッパは深呼吸をした。「わたし、その……妊娠の可能性がちょっぴりあって」

「なんですって？」

四人がいっせいに叫んだのでピッパはたじろいだ。

「このあいだ、一夜かぎりの関係を持ったの」アシュリーをちらりと見てから顔をしかめた。「キャムと。二人でアシュリーのパーティーから抜けだして彼の家へ行き、ことに及んだってわけ。何度もね」

アシュリーが唖然（あぜん）としている。

「でも一夜かぎりの関係なのに」タビサがゆっくり切りだした。「どうして妊娠の心配があるの？」

「コンドームの一つが破れていて、タイミング的にも申し分ない時期だったの」

「キャムと？」アシュリーの声がうわずっていた。「たしかに少々入れこんでたのは知っていたけど」すかさずピッパを抱きしめる。「かわいそうに」

「すっかり気が動転してしまって。これ以上最悪のタイミングはないわ。そうよ、妊娠の可能性におびえて話すのを忘れていたけど、貸店舗の契約は白紙に戻ったの。そのうえ、今度はこれでしょ。起業に踏みきる段階だから健康保険にも入っていないし、母親になる覚悟もない。金切り声をあげたいところだけど、それで何も解決しないのは重々承知だし」

「叫べばいいのよ」カーリーがきっぱりと言いきった。「それからみんなで解決策を見つけましょう」

「あなたのためなら、わたしたちが一肌でも二肌でも脱ぐのは知っているでしょ？」今度はアシュリーだ。「わたしがデヴォンとの危機を乗り越えられたのだって、みんなのおかげですもの」

シルビアが手を伸ばしてピッパの手を取った。「産婦人科へ行って、選択肢についてお医者様に助言をもらうこともできるわ」

「診察代は任せてね、ピッパ」アシュリーが請けあう。「病院へも付き添うわ」

ピッパはうわの空でざわめく胸をさすった。すでに小さな命が宿っているかもしれないのに、処置を施すと想像しただけで心がうずいた。

「ああ、もう、我ながらばかみたいだと思うけど」小声で続ける。「この手のことは即決なんて無理よ。どうすればできるの？」

「今の時点で決断する必要はないわ」タビサが口を挟んだ。「もう少し様子を見て妊娠しているか確かめて、それから選択肢を考えてもいいのよ。最近の女性には選択権がたくさんあるもの」

アシュリーはピッパの手を握りしめ、じっと見つめた。「これだけは知っておいてね。もし赤ちゃんができていたとしてあなたが望むなら、みんなで応援することを。あなたは一人ぼっちで立ち向かうはめにはならないわ。自分にとって最良の選択をしてほしいけど、どんな選択でも必ず応援するから」

ピッパはもう涙をこらえきれなかった。見れば、みんなの目からも涙が流れていた。

「あなたたちがいなかったらどうなっていたかわからないわ」

「一つ忘れているわよ。この難問の重要な部分を」

全員の目がシルビアに注がれた。

「おなかの子の父親よ。あなたにはわたしたちがついているけど、相手は責任を取るつもりなの？」

ピッパはうなずいた。「そのはずよ。その点は疑ってもいないわ。彼には妊娠が確実か知らせるまでかまわないでと伝えたの。わかるでしょう? まずは自分の頭を整理しないと」

「ええ、わかるわ」カーリーが相槌を打った。

「正気を疑われても仕方ないけど、妊娠の可能性に思いいたった瞬間からすべてが一変して。おなかの中の小さな命を想像し始めたの。事後ピルをのめばすべてなかったことにできるとしても……」深々と息を吸う。「それが自分の望みかわからない」

ピッパは顔をあげ友達を順に見たが、四人の目に非難の色はなく、確固たる愛と励まししかなかった。

「もし……子供ができていたら産みたいと思って」喉の塊をのみくだしてからさらに確信して続けた。「わかっているの。きっと産みたいって」

「その考えに慣れるまで、ある程度時間をかけてね」シルビアが助言した。「急いではだめよ。今日どころか明日だって決断する必要はないわ」

それでもピッパは知っていた。当初の衝撃の波が引くにつれ、赤ん坊を産んで育てたいという気持ちが芽生えてきたのを。

わたしの赤ちゃん。

すでに子供を守りたいという思いに駆られていた。

ショックと混乱の熾火(おきび)がおさまると、中絶など論外だとはっきり悟った。生まれた子を里子に出すのももってのほかだ。所有欲やすでに感じている強い母性愛が強烈で面食らった。なんといっても、まだ妊娠しているかもあやふやなのだから。

妊娠していたら何がなんでも我が子を養ってみせる。キャムと話して円満な解決策を見つけよう。

愚かなほどうぶかもしれないが、彼の責任感を信じるつもりだ。

グラスを口へ運ぶ両手が震えていた。ごくごくと水を飲んでからグラスを置くと友達を見つめた。

「いいわ、それじゃ、妊娠検査薬を使えるようになるまでどのくらい待たないといけないのかしら？」

6

ピッパは居間をうろうろと歩きまわり、何十センチと離れていないコーヒーテーブルの上の小さなスティックを凝視しないようにしていた。

「まだよ」立ちどまってためらっているとアシュリーに声をかけられ、ついに爆発した。

「なぜこんなに長くかかるの？」

結果を知りたくてあと一分も待てない。この数週間は想像以上のストレスにさらされていた。なにしろキャムに〝結果は？〟と数日おきにせっつかれ、最後には〝いい加減にして〟とわめき散らしそうになったくらいだ。あまりに切羽つまった声だったのか、彼もここ二、三日は連絡してこない。

どうやらキャムは、妊娠は確実という前提で頻繁に〝無事を確認すること〟を使命にしたらしい。

そのせいでこっちは頭がおかしくなりそうだった。

「まだほんの二分しかたっていないじゃない」アシュリーがなだめた。「座って眺めていたってどうにもならないわ。早く結果が出るわけじゃないし」

ピッパはソファーに沈みこんだ。「そのとおりね。でも頭がおかしくなりそう。感じるの。きっと妊娠しているわ。勝手な想像だとか言わないでよ。だって胸は痛いし、吐き気はするし。だいたいカップケーキのにおいで気分が悪くなる人なんている?」

アシュリーがほほえんだ。「勝手な想像なんかじゃないと思うわ。とにかく結果を待って、それから一緒に解決策を考えましょう。いい?」

ピッパはうめいて目を閉じた。この三週間は拷問さながらで二度と繰り返したくない。日によって考えがころころ変わるのだ。赤ん坊を産むのはすばらしいし、アシュリーの子供といい遊び友達になると喜んだのもつかの間、次の日には気が変になったのだと思い、未来の予想図におびえた。

「いいわ。もう見ても」

二人とも、近寄るのもいやな醜い虫みたいにコーヒーテーブルの上のスティックを遠巻きにしていた。

ピッパは胃がよじれそうだった。「確かめてみて。わたしは無理」

アシュリーがピッパの手を握りしめた。反対の手をスティックに伸ばすと同時に、ピッパは目をぎゅっと閉じた。友人の反応を見るのも怖い。心臓が喉元までせりあがったようにどきどきしている。

「ピッパ」やさしく促す声がした。「目を開いて」

ぱっと開くと、友人の厳粛な面持ちが見えた。アシュリーがピッパを見つめたまま卓上にスティックを戻した。

「どうだった?」さすがに我慢できずにせかした。アシュリーの表情からは何もわからない。まったくもう!「わたしは妊娠しているの?」

「検査の結果はそうみたい」友人がゆっくり答えた。

ふうっと息を吐いたピッパは自ら確認したくてスティックに手を伸ばし、まばたきして焦点を合わせた。

たしかに陽性を示す光が〝妊娠中〟と告げている。

「ああ、どうしよう」

ささやいたピッパをアシュリーが心配そうに見た。「気絶とか、ばかなまねはしないわよね?」

ピッパはどうにか口を閉じたものの、頭から爪先まで全身が麻痺(まひ)していた。まるでアシュリーが一キロ以上も先から話しかけているようだ。

妊娠。

キャムとの赤ちゃん。

自称〝ぼくは永遠の関係は結べない〞男性との赤ちゃん。

へまをするにしても、これは最悪だわ。

ピッパは再び目を閉じてうめいた。「どうしたらいいの、アッシュ？　キャムは動揺するわ。だって長々と話していたくらいだもの。永遠の関係は無理だとか、これは単なるセックスだとか、あれこれとね。でも赤ちゃんとなったら、どう考えても一生つきあう必要があるでしょ」

「何日か時間を置いて。あなた自身がショックと折り合いをつけられるように。それからキャムに話すといいわ」

「でも今すぐ伝えないと」

アシュリーは眉をひそめた。「ピッパ、あなたは動転しているわ。合理的に考えられないのに、キャムに立ち向かうなんてだめよ。彼はきっと……強引に押しとおそうとするわ」ため息をつく。「あなたに衝動的な決断をくだしてほしくないの。キャムは説得力があるから。悪く言えば、冷酷にもなれる人よ」

「自分の意見を曲げたりしないわ。これはわたしの問題であると同時にキャムの問題でもあるし。一週間、一人で将来を思い悩んでもつらいだけ。こっちが苦しむなら向こうにも苦しんでもらわなくちゃ」

アシュリーが笑い声をあげた。目が楽しそうにきらめいている。「わかったわ。その調子ならキャムにずたずたに引き裂かれて、夕食に食べられたりしそうにないわね」

「まさか」ピッパはつぶやいた。「そんなまねをしようとしたらあそこをちょん切ってやる。もう二度と避妊の心配をしなくてもすむでしょうよ」

アシュリーは再び笑い、身を乗りだしてピッパを抱きしめた。「ねえ、これって最高よ。二人とも妊娠の時期が多少でも重なるなんて。デヴォンもわたしもいくらでも手助けするわ。タビサとカーリーとシルビアだって。あっ、それにうちの母もね。母に妊娠がばれたらくれぐれも気をつけてね。あなたは娘同然の存在だから。過保護もいいところで、息さえ勝手にさせてもらえないわよ」

ピッパはにんまりと笑った。「あなたのお母様は大好き」アシュリーの母はピッパの理想の母親だった。グロリア・コープランドは常に岩のようにどっしりと構え、我が子に無条件の愛情を注ぐ。

「うちの母もあなたが大好きよ」

ピッパはため息をつきソファーから立ちあがった。「失礼して申し訳ないけど、決心が鈍る前にキャムに伝えないと。今はただこの件を乗り越えたいの。そうすれば余計なストレスで苦しまなくてすむし」

「コートを取ってきて。車であなたをキャムのオフィスまで送って、そのまま家へ帰るわ」

「ありがとう、アッシュ。何もかも」

アシュリーは再びピッパを抱きしめた。

「さあ、行きましょうか」ピッパはそう言ってコートを取りに行った。


キャムはオフィスで腰かけて窓の外を眺めていた。今はみぞれ混じりの雨だがじきに気温が下がり、雪になるに違いない。目下、荒れ模様なのは彼の機嫌も一緒だった。

このところオフィスにいても仕事に身が入らない。デヴォン同様、友人でビジネスパートナーでもあるラファエル・デ・ルカやライアン・ビアズリーとの会議でもうわの空だ。四人が最近手がけた重要なリゾートの開発計画がとんとん拍子に進み、本当なら有頂天のはずなのに。

ところがこの数週間は妊娠の件が頭を離れず最悪だった。ピッパの身に何かあったらと気が気でなく。

寝ても覚めても不安と罪悪感にさいなまれ、自分を責めてばかりいた。やはりあんな誘惑に屈してはいけなかったんだ。もっと避妊に気を配るべきだった。ピッパを一人残して立ち去るべきだった。

そうすればこんなふうにひどいショックを受けて、ぼんやりと座っていなくてすんだのに。今度もまた大事なものを失うのではないかと案じて。

ピッパから連絡がないのだから本当なら安心してもいいはずだ。妊娠していれば連絡があるに決まっている。ピッパは約束を違えるような女性ではない。

だが、なかなか連絡がないとおかしくなってくる。

二人でともにした夜以来、机の引き出しに——唯一、鍵をかけた引き出しに手を伸ばすのが癖になり、今も小さな二つ折りの写真立てを取りだしていた。

一枚の写真はエリース、もう一枚はコルトンだ。

写真を見つめてエリースの笑顔を指でなぞった。生後一日足らずのコルトンは赤ら顔でしわだらけだが、こんなかわいい赤ん坊は見た覚えがない。

あれから何年もたつのに、自分が愛し、そして失った二人を見ただけで息がとまりそうになる。

もう二度とごめんだ。耐えられない。あんな苦悩は味わいたくない。どうかピッパが妊娠していませんように。これほど強く望むのは生まれて初めてだ。

それでもピッパから連絡がなく日一日と過ぎていくうちに緊張もいくらかゆるみ、少しは楽に呼吸ができるようになってきた。

ピッパは妊娠していない。そう信じなければ。

秘書からの内線でキャムの物思いは中断した。

「若い女性がお目にかかりたいと。面会の約束はないそうですが。ピッパ・レイングレーさんです」

「ただちに通してくれ」

キャムは立ちあがるとドアをじっと見つめた。胃がよじれそうだ。じきに姿を現したピッパが敷居の前で立ちどまって、彼を探すように部屋を見まわした。

キャムはピッパをしげしげと見つめ、どこか……変わったところがないか探しながら、自分の緊張を悟られないよう握りしめた拳を机の背後に隠した。本能はピッパのそばに行けとせっついている。本当は彼女をしっかりと抱きしめたい。何も心配はいらないと約束したい。けれどもそんな約束は不可能だとはるか昔に学んでいた。

「ピッパ、座ってくれ。飲み物はどうだい?」

ピッパがさらに近づくと青白い顔色に気づいた。目の下にはくまができ、体重も減ったようだ。キャムは突然、罪悪感に駆られた。この数週間ピッパのほうが自分よりはるかにストレスが多かったらしい。

「お仕事中邪魔してごめんなさい」ピッパが静かに切りだした。「でも一刻も早く会う必要があって」

喉のしこりが大きくなったが、無理やりのみこんだので声がうわずらずにすんだ。

「かまわないよ。なんの話かな？」無頓着なふうを装いながらも、本当は息をするたびに恐怖がこみあげ、早く話してくれと声を張りあげたかった。

「妊娠していたわ」ピッパがずばりと言った。

キャムの中で何かがしぼんで枯れてなくなった。重荷でずっしりと心が沈みこむ。悲嘆が胸の奥でわきあがり、身じろぎもせず立ちつくすばかりだった。少しでも動いたら、ピッパの前でばらばらになってしまいそうだ。

ようやく平静を取り戻し、どうにか声を出した。「たしかなのか？」問いかけたものの、たしかだと百も承知だった。ピッパの目が真実だと告げている。

ピッパがこわばった顔でうなずき、次に躊躇した。「たしかと言っても医師の診断はまだだけど。妊娠検査薬を使ったの。九十九パーセント確実みたい」

キャムは咳払いをした。「それなら正しいはずだ。お互い可能性が大だと知っているわけだし」

　ピッパはコートも脱がず不安げな顔で立っている。

「大丈夫かい？　体のほうは」

　我ながらよそよしい声に虫酸が走った。それでも子宝に恵まれた男女が本来楽しむ親密な雰囲気など望んでいなかった。自分の家に越してくるようにという申し出、というよりも要求をピッパが頑として拒んだのがいやでたまらなかった。だからといって彼女を責められない。我ながら情緒不安定としか思えない。なにしろピッパを押しのけたいのに抱き寄せたい、そんな相反する気持ちなのだから。

　だがピッパに近づくのをあえて自分に許したくない。一方で、彼女が何不自由なく暮らせると確信しておく必要がある。最高の医療や物心両面にわたる支援など、必要なものがすべてそろっていることを。何かあってはならない。ピッパの身に……。そして……二人の子供の身に。二度とあってはならない。

　たぶんピッパがいやがったのは淡々とした取り決めに聞こえたせいだろう。案外と望んでいるのかもしれない……それ以上のものを。そう思いいたったとたんキャムはたじろいだ。だが、結婚なんてできるのか？　おそらくは最良の解決策だ。現実的解決策で、たしかにピッパのためにはなる。それに自分も一番望むものを手に入れられる。心の平安を。

「疲れていたし、不安だったわ」ピッパは認めた。「でもこれからはましになるわ。結果がわかって決断をくだせるようになったから」

警戒心がわきあがり、うなじの毛が総毛立った。「決断？　どんな決断だ？」

ピッパが片方の肩をすくめた。

キャムは主導権を握ろうと心に決めて、ピッパを見つめたまま机から一歩下がり横を向いた。「お互いにこれからすることが山ほどある。弁護士に書類を作らせよう。生活環境について考えるべきだ」

ピッパは手をあげて話を遮り、首を振った。

「こんなオフィスで二人や我が子の将来を話しあう気はないわ。立ち聞きされてもおかしくないのに。自分でもまだこの件と折り合いをつけようと四苦八苦しているところよ。でもあなたには先に知らせるべきだと思って。話し合いはあとでいいから。お互い考えたあとで。ただ……伝えておきたかっただけ」

「そうは思えな――」

ピッパは顔をあげて彼と視線を合わせた。その目は怒りできらめいていた。「あなたがどう思おうとかまわないわ。もう行くわね。話しあいたければ、あとで我が家に寄って。今はランチを食べたいの。一人でね。六時までには帰宅するわ」

もし不機嫌そうにがみがみ言われたら、ピッパの首を絞めたくなっただろう。だが目の前にいるのは果敢に自制を保とうとしている女性だ。ピッパは狼狽している——自分と同じくらいに。今にもこなごなに砕けそうに見えた。

これ以上ピッパに無理強いはできない。道に外れた行為だ。何も決まらないまま彼女を帰らせると考えただけで胃がきりきりするが。キャムは承諾の印におもむろにうなずくことしかできなかった。

「わかった」静かに答える。「六時にきみの家に行くよ。夕食の心配は無用だ。何か持っていくから」

7

顔をあげたピッパは、自宅の玄関口で待つキャムに気づいたとたん目をみはった。徒歩で帰宅するのに思ったより時間がかかったのかと思い腕時計を確認したものの、相手の到着が早いだけだった。

キャムはロングコートを着ているが、帽子はなく霧雨で髪がしっとり濡(ぬ)れている。彼女の姿を見るなり厳しい口元がやわらぎ、目に安堵(あんど)の色が広がった。

と思いきや、階段をのぼって鍵を開けるピッパを脇で待つあいだに苦虫をかみつぶしたような顔になった。

「家まで歩いて帰ったのか?」

ドアを押し開けたピッパは室内の暖かさにほっとした。あとに続いたキャムが彼女のコートを脱がせてから自分のコートを脱いだので、二枚ともクローゼットにしまってもらってから居間へ案内した。

「質問に答えていないぞ。雨の中、家までずっと歩いたのか？　外は凍えるほど寒いのに」

「十ブロックかそこらですもの。あなたのオフィスへはアシュリーの車に乗せてもらって、オフィスからレストランへはタクシーで行ったの。家までは近いし、タクシーに乗ろうとは思わなくて」

渋面のまま、キャムは大柄な体を小さすぎる椅子に押しこんだ。狭い居間だと巨大に見え、すべてを圧するような存在感にピッパの胸がときめいた。

キャムは神経質になって緊張しているみたいだ。ふとピッパは先刻の理不尽な態度に対する罪悪感にのみこまれた。オフィスで衝撃的な事実を暴露したあげく、腹立ちまぎれに去るなんてひどい女だ。

キャムは髪を手で乱し、再び彼女のほうを盗み見た。「到着が早かったのは認める。わかってくれると思うが、この問題を一刻も早く解決したいんだ」

「解決？」ピッパはおうむ返しにきき返すと、ソファーの端に腰を落ち着けた。お茶でも出すべきだが、今はもてなしを気にするなどばからしく思えた。「この件が今すぐ解決するなんて思えないけど」

キャムは緊張し、いらいらした様子で前かがみになると次の言葉を考えあぐねているのか、髪をさらにかき乱した。

「きみの計画を聞かせてくれ」

　ピッパは不自然な笑い声をたてて目を閉じた。またも意地の悪い性悪女になりそうだ。

「それはこっちの台詞（せりふ）よ。今は勘弁してちょうだい、キャム。今朝わかったばかりなんだから」

「赤ん坊がほしいのか？」

「当然じゃない！」ピッパは語気荒く言いきった。「決まっているでしょう」今度はもっと静かに告げる。「この数週間というもの絶えず自問自答を繰り返してきたし、今だって狼狽（ろうばい）してパニックに陥っているけど、それでもこの子が絶対にほしいわ」

　キャムの目にまたたいたのは安堵だろうか？

　いても立ってもいられなくなって腰をあげたピッパはゆっくりと離れ、しばらくキャムに背を向けていたがまわれ右して、再び彼と顔を合わせた。

「計画なんてないわ。だいいちこんなこと、前もって計画を立てている人なんていないでしょう？　ただあなたの支援が必要なのはたしかよ。開業する前で健康保険にも入っていないから」

　キャムの表情はいかめしく目も真剣だった。「心配無用だ。母子ともにしっかりケアを

「ありがとう。あなたに助けてもらえるとは思ってもいなくて」すばやく言い添える。「医療費の件は本当にありがたいわ。もちろん貯蓄はいくらかあるから、店を軌道に乗せるまでは問題ないけど」

キャムに、彼の子を出しにあぶく銭を期待していると思われるのだけはいやだった。ピッパはうろうろと歩きまわりながら考えをまとめた。

「たしかにいくつか取り決めをしておくことはできるわ」顔をあげるとキャムの凝視に気づいた。「あなたは望んでいるの？　かかわりを持ちたいと……。出産にという意味よ。知人の中にも健診や中には興味のない男性もいるでしょう。まあ、デヴォンは別として。知人の中にも健診や何かに付き添いたくないっていう人はいるし。それならそれでオーケーよ。本当に」

とりとめもなく話していたが、おかしなことに話せば話すほど、キャムが腹を立てているように見えた。眉間のしわが深くなり、今にも雷が落ちそうだ。

「くそっ、ちょっと待ってくれ。ぼくは深くかかわるつもりだ。この妊娠に関係する権利がある」

ピッパは目をぱちくりさせた。「まあ、わかったわ。何もかかわれないとは言っていないのよ。ただあなたはかかわりたくないかもと思って」

キャムの顔が険しさを増した。「きみの誤解だ」

「ねえ、キャム、自分が何をしているかよくわかっていないの。なるべく礼儀正しく協力しあいたいと思っているけど、あなたも助けてくれないと。そこに座ってにらまれていたら気が変になりそう」

震える声で言いつのると、体の前でわななく両手を握りしめた。

キャムはそっと毒づくなり、腰をあげてピッパの前に立った。「座ってくれ。頼む」

ピッパがわずかにためらったものの導かれるままソファーに戻ると、彼がやさしく手を握ってくれた。

「まずはこうしないか。母子ともに健康か確かめるため、きみを医者に連れていくよ」

ピッパはうなずいた。手始めに医者に行くのは理にかなっている。少なくとも二人のうちの片方は冷静に考えられるらしい。

「そのあと、ぼくらは結婚するべきだと思うんだ」

前言撤回。冷静が聞いてあきれるわ。

正気を失ったのかと尋ねる前にキャムがピッパの唇を指で封じた。それから彼女だけでなく自分も納得させなければというように深々と息を吸った。

「最後まで聞いてくれ。ぼくらは結婚して生活環境を分けることができる。うちは広いからお互い顔を合わせずに暮らせるはずだ。きみは自分のスペースを確保し、生活の心配もいらない。でも一番重要なのはきみと赤ん坊の安全をぼくが確信できる点だ」

ピッパは開いた口がふさがらず、相手を呆然と見つめた。「本気なの？」

キャムが目を細めた。

ピッパは片手を彼の手から引き抜いて立ちあがった。部屋が狭すぎるのでかごに閉じこめられ、自分の手に負えない状況に陥っている気がした。

「聞き分けのない態度はやめてくれ」

ピッパはくるりと振り向いた。「聞き分けがないですって？　そもそも三週間前に電話は期待するな、これは単なるセックスで永遠の関係には発展しないって言ったのはあなたでしょう。結婚が永遠の関係じゃなくてなんだって言うのよ」

「二人で関係を育もうとは提案していない」キャムが硬い声で言った。

ああ、どんどん悪くなっていくみたい。

「それなら何を提案しているの？」

「相互に有益なパートナーシップだ。きみたち母子は何不自由なく暮らし、ぼくは心の平安を保てる」

ピッパは眉間にしわを寄せた。「心の平安って、なんのために？　口を開けばわたしや赤ちゃんの安全の話ばかり。ありがたい話だし、あなたが無関心でなくて感激したわ。ただそこまで言い張るのが理解できないの。何をそんなに恐れているの?」

静寂が広がり、互いの息遣いまで聞こえた。キャムの目に苦痛がよぎり、口が真一文字になる。それからスイッチでも押したみたいに無表情になった。

「それで充分じゃないのか?」ようやく問い返された。「進んでここに来ただけではだめなのか? きみとおなかの子を守りたいと思うだけでは」

ピッパはゆっくり首を振った。「足りないわ」

「三週間前のきみなら充分だったはずだ」キャムがうなるように言い返す。「きみだって一夜かぎりの関係しか望んでいなかったじゃないか。ぼく一人がろくでなしみたいな言い方をするのはやめてくれ」

「あなたがどうのと話しているんじゃないわ!」

その声は金切り声に近かった。ピッパは腹立ちのあまりこめかみを両手で押さえ、立ちつくしたまま目を閉じて荒い息を繰り返した。

再び目を開けると、心配そうに眉根を寄せたキャムの視線をひしひしと感じた。「ピッパ……」

「だめ、少しだけ黙って聞いて。お願い」ピッパは訴えた。「たしかにベッドをともにする前にあなたは自分の考えをはっきりさせたわ。お互いに正直だった。でも事態は大幅に変わったの。わたしがあのとき望んだものは今の望みとは違う。それにあなたには何も求めていないの。そこを理解してほしいのよ。わたしは変わったわ。優先事項が一変したの。あなたが言うとおりよ。あの晩のわたしの望みは、あなたに抱かれることだった。あなたに惹かれていたけど、それ以上は求めていなかった。今だって関係を望んだり、必要としたりはしていないけど、妊娠してしまった。それでも便宜だけを考えて愛のない冷たい関係に足を踏み入れ、自分や我が子を苦しめるつもりはないの。結婚相手にはわたしを愛し、喜んで子供の父親になってくれる人を選ぶわ。わたしにはその二つが必要なの。今は特に」

「ぼくにはあげられない」キャムがにべもなく言う。

「残念だけど、それ以下のものに甘んじる気はないわ」ピッパは静かに応じた。

キャムはソファーから立ちあがり、そっぽを向いて体の脇で拳を固めた。「ぼくの子を身ごもっているのに別の男と結婚するきみを、指をくわえて見ていられるわけがないじゃないか」キャムが勢いよく振り向いた。目が生々しい怒りでぎらついている。「ぼくには父親としての権利がある。それを取りあげることはできないし、許しはしない。どこまでもきみと闘うぞ」

いらだちがいくらか消え、ピッパは一歩前に進んでキャムの腕にそっと手を置いた。相手が尻込みしたものの、ピッパはたくましい腕にしっかりと指を巻きつけた。彼の目に浮かぶひどく苦しそうな表情にピッパの胸はよじれ、その苦悩を少しでもやわらげてあげたいと願わずにいられなかった。

「父親の権利を取りあげるつもりはないわ」やさしく告げた。「ただあなたが申し出たような関係を受け入れられない理由を説明しただけ」

「ぼくは子供に安全であってほしいんだ」キャムが食いしばった歯のあいだから言葉を絞りだした。

「わたしもよ。この子をすでに愛しているの。夜ベッドで横になって我が子の将来を想像するのよ。この子のためにならないことはいっさいしないわ」

「それならきみとおなかの子の面倒はぼくに任せてくれ。きみの身に何も降りかかってほしくないんだ。結婚しないなら、せめてうちに越してきて、きみたち二人の世話を焼かせてくれ」

キャムは自分の口調が懇願せんばかりだと気づいているのだろうか。

ピッパはいぶかりつつキャムの腕に片手を滑らせて手を取り、指をからませた。「もし同意したら、二度と自分を尊敬できなくなるわ。娘ができたらその子に次善のもので甘んじる必要はないと教えたいの。たくましく自立して生きることを」反論しようとするようにキャムの体が張りつめたので、ピッパはその手を握りしめた。「だめよ、このまま話を聞いて。わたしたちは今回の一件を望んでいなかった。計画もしていなかった。今は二人とも感情的になってまともに考えられないでしょう。お互いに後悔するようなまねはしないで。三週間前に話してくれたことは本心だったはず。それがあなたの望むものよ。結婚ではないわ。便宜上の妻でもない。永遠の関係を望んでいない以上は。遅かれ早かれ、わたしは望みをかなえてくれないあなたに腹を立てるわ。その怒りに心をむしばまれ、あなたを疎ましく思いかねない。そんな環境が我が子のためになると思う？」

キャムが唇を引き結んだ。まだ議論したそうだが沈黙を守り、手を握られたまま視線をからませた。

「今のところはあきらめる」しぶしぶと言った。「だがきみの安全を確保するためやりたいことがあるから、その点は了解してもらわないと」

ピッパは物問いたげに眉を片方あげた。「その安全性への執着はなんなの？　わたしを無菌室に閉じこめたり、出産まであなたがそばに張りついていたりするのは無理よ。いったい何を恐れているの？」

その質問は二度目で、一瞬答えが返ってくるかもしれないと思った。

けれども目が暗く陰り、キャムは再び黙りこんだ。

「せめてもっと安全な住まいに移ってくれないか」

ピッパは信じられないと言わんばかりの目でキャムを見た。「このアパートメントの何が悪いの？」

「通りに面しているし防犯設備もない。それに階段も危険だ。冬場は特に」

ピッパはいらだちのあまり息を吐き、首を振った。

「別になんの不都合もないし、おなかが大きくなるころには冬も終わるわ。このアパートメントが好きなの。立地も最高だし、この地域でカフェを始めたいから。だいたいここより高い家賃は払えないわ」

「かまわない。ぼくが払うんだから」

「やめてちょうだい。わたしも子供もどこにも行かないわ。もう疲れたの。ストレスいっぱいで正直、ベッドに入って泣きわめきたい気分よ」

キャムの顔にぞっとした表情が浮かんだかと思うと、たちどころに後悔の色がよぎった。

本当はピッパも知っていた。こうして腹立ちまぎれに話しているのは、二人ともただ我慢の限界を超えているせいだと。この数週間とてつもない緊張にさらされ、お互いに時間を必要としていた。

それに距離を。

「もう帰ったほうがいいわ」ピッパはやさしく促した。「決めないといけない点は山ほどあるけど、二人ともまだこの状況に慣れていなくて分別のある会話もできないもの。これから出産まで一緒に長い月日を過ごすんだから、初めからくどくどと細かい話をするなんてよしましょう」

「すまない」キャムがぶっきらぼうに謝った。

それから驚いたことに抱き寄せられたので、ピッパは額を太い首の付け根にあずけて目を閉じた。

「こんなことになるなんて思ってもみなかったんだ」キャムが静かな声で言った。「でも現実に起こった以上、お互い折り合いをつけなければならない。きみと同じくぼくもこの子がどうしてもほしい。きみとおなかの子が両方、無事だと知っておく必要がある。せめてそのくらいはさせてくれ」

ピッパは首を振ってから体を離した。

キャムが渋い顔で時計に目を落とした。

「あわてて来たから夕食を忘れた。きみも疲れて動揺しているかもしれないが、デリバリーでも頼まないか」

「気を悪くしたらごめんなさい。できたらベッドにもぐりこんで寝たいわ。くたくたでもう死にそう」

キャムは反対したそうだったが黙ってうなずくと、ピッパの頬に触れてから横を通り玄関に向かった。

8

「で、ぼくにはいつ教えてくれる気だったんだ？」

　とがった声が聞こえてきてキャムが振り返ると、デヴォンがオフィスのドア枠に寄りかかっていた。

　続き部屋のオフィスを共有しながらもキャムはしばらく友人に会っていなかった。ほかのパートナーも同じとはいえ、結婚後レイフとライアンはプロジェクトの監督も兼ね、それぞれの島で妻と暮らしているから無理もない話だ。だがあの新居祝いの夜以来、デヴォンを避けていたのは認めざるをえない。無二の親友だからどうしたってアシュリーはピッパの味方だ。たぶんとっくにあの手この手で、キャムが極悪非道の悪党だと夫に吹きこんでいるだろう。

　キャムがため息をつき手招きすると、デヴォンはぶらぶらと歩いてきて机の前の椅子に腰をおろした。

「それで？」

キャムは小声で悪態をつき、革張りの椅子に座った。「何が〝それで〟だ？　あのとんでもないいきさつはとっくの昔に知っているはずだろう。現時点では当事者以上に情報通かもしれないぞ。ぼくはピッパに避けられているからな」

デヴォンが眉を片方つりあげた。「避ける？　おまえの魅力も形無しだったというわけか？」

キャムはため息をついた。「おまえはぼくを締めあげに来たのか？　それとも何か用でもあるのか」

「なぜ親友が妻の親友を妊娠させたと伝えに来ないのか、不思議に思ったせいかな」

キャムはたじろぎ、目を閉じた。「くそっ、デヴォン、ぼくが故意にそんなまねをしたと思うのか？　おまえたち四人は、ぼくが一番望んでいないことだと知っているはずだろう」

デヴォンはおもむろにうなずいた。「ああ、知っている。だからこそ妙な話だと思ったのさ」

「本当は一夜かぎりのはずだったんだ。ぼくはピッパに惹かれ、彼女もぼくに惹かれた。それであの新居祝いの晩、とうとう二人で我が家に帰ったんだ」

「あの洞窟へ？　ピッパにのぼせているのは知っていたが、まさか自宅に連れ帰るほど真剣とはな」

　不信もあらわな友人の声にキャムはいらだった。

「自宅が四百メートルも離れていないのに、車で街まで戻ってホテルか彼女の家に行くのは変だろう」

「そうだな」デヴォンがからかうように言う。

「ともかく」キャムはぼやいた。「大事なのはこの妊娠が予定外だった点だ。避妊したがあいにくとあの忌まわしいコンドームが破れ、晴れて親になるというわけさ。ぼくはもちろんピッパもちっとも喜んでいない。ああ、これだと二人とも赤ん坊を望んでないみたいじゃないか。実際は違う。どっちも望んでいる。ただ同意にいたっていないだけで……まあ、今のところ何一つ意見が一致していない」

「それは残念だ」心からの言葉だった。

　キャムは手を振って同情を退けた。「ピッパに会ったか？　アシュリーから彼女の話を聞いてないか？　ずっと避けられていい加減頭にきてるんだ」

　デヴォンは咳払い（せきばら）いをした。「ピッパならこの前の晩うちに来た。かなり気が動転しているみたいだ」

キャムは身を乗りだした。「妊娠で動転しているのか？　出産に乗り気でなくなったとか」

デヴォンが手をあげた。「落ち着くんだ。そんなことはまったくない。ぼくが知るかぎり、ピッパは妊娠には前向きだ。ただ起業の計画が暗礁に乗りあげたのが問題だ。どうやら店舗の賃貸契約の話が白紙に戻って、ほかに候補地も見つからないらしい。資金もぎりぎりで、しかもここに来て妊娠だろう。パニックになり始めているようだ」

キャムは長々と激しく毒づいた。「あきれるほど頑固な女性だからな。騾馬（らば）並みに。だからぼくとの結婚に同意すればよかったんだ。それかうちに越してくるか。選択肢があったんだ。山ほどな」

デヴォンの目は正気でも失ったのかと言わんばかりだ。「結婚？　おまえのうちに越す？」

「そうだ。おまえがどう思っているかは百も承知だよ。ぼくは明らかに頭がおかしくなっている。だがな、くそ、デヴォン、今は不測の事態が起こったら、としか考えられないんだ。自分が防げるかもしれなかったらどうする？　だから、ただ……」

「気持ちはわかる」デヴォンがやさしく促した。「それなら、これからどうするつもりだ？」

「わかるもんか」キャムはぶつくさと言った。「いったい何ができる？　相手は話もしたがっていない様子なのに。ぼくだって努力している――本当にがんばっているんだ。ピッパが望み、必要としている猶予を与えようと。だが堪忍袋の緒も切れて電話をかけて夕食に誘ったんだ。それなのにほかに予定がある、の一点張りさ。次の健診日を教えてくれるどころか、なしのつぶてだ。ピッパとおなかの子が無事か知る必要があるのに、肝心の本人が会ってくれないならどうしろというんだ？」

「過去を忘れるよう努力してみたらどうだ？　自分の考えや決定に過去が影を落とさないように。過去は変えられないが、未来は台無しになるぞ」

憤怒でキャムの視界が曇った。拳を固めて座りこんだまま、友人を見ようともしなかった。デヴォンはよかれと思って言ってくれたにせよ、気をゆるめたら後悔しそうな言動を取りそうだった。

どうしたらデヴォンに理解できる？　アシュリーと我が子の身に何か起これば、そんな助言は口にできないはずだと言い返したいが、友人を不安に陥らせるほど残酷にはなれない。たとえ相手が宿敵でも。

「すまない」親友の声には後悔が色濃くにじんでいた。「何も忘れろと言うつもりはないんだ」

キャムはそっけなくうなずいたが、なおもデヴォンから目を背けていた。

「なあ、少しでも気休めになればいいが、ピッパは今、起業の準備でいっぱいいっぱいなんだ。アシュリーも一緒に知恵を絞っている。おまえを避けるのは心労のせいじゃないかな。子供を養うためにビジネスを軌道に乗せようと躍起になっているんだよ」

「ぼくの援助を受ければ心労など感じる必要もないのに」キャムはうなるように言った。「申し出たのか？　付帯条件はなしで？」

「尋ねたのが間違いかもしれない。ノーと言う機会を与えると女性は拒むんだと思う。尋ねずに行動。これが成功の秘訣だ。そうだろう、デヴォン？」

デヴォンは不安そうな視線を向けてきた。「好きにするといい。ただ、ぼくは巻きこまないでくれ」

「臆病者め」間延びした口調で言う。

「ふん、そのとおり。ぼくは臆病者さ。何が自分のためになるか知っている。最近わかったんだ。アシュリーの幸不幸が、自分の幸不幸を左右すると」

一瞬、苦痛がキャムの胸を突き刺し、友人をうらやましく思った。デヴォンは果報者だ。結婚の喜びと女性への愛情を見いだせたのだから。無邪気に親になる日を楽しみにしている。幸福がはかないものとも知らずに。すべてが一瞬で変わるのも、有頂天から奈落の底へと真っ逆さまに突き落とされるのも。

だがぼくは知っている。できるものなら、あんな苦痛を二度と味わいたくはない。

デヴォンがしばらくキャムを見つめてから身を乗りだした。「結局は何が望みだ？　おまえは女性とのつきあいなど望んでいないと言う。永遠に続くような関係は何一つ」

キャムは目を細めた。しゃくに障るほど的を射た質問で即答できない。本当は自分も急いで求婚した理由を考えたくないくらいなのだ。「ピッパと子供の安全を確保するため全力を尽くしたいんだ」

デヴォンがため息をついた。「二人をあらゆるものから守れはしないぞ。ときには悪いことも起きる。一生、災難を心配しているわけにはいかないんだ」

キャムは親友の発言を無視して仕事の話題へと変えた。だがピッパのことが頭から離れず、セント・アンジェロ島のリゾートの最新状況を話しあうあいだも彼女の手綱の握り方を考えていた。

一刻も早くピッパの身の安全と幸福を確かなものとしよう。そうすれば自分の生活も正常に戻るのだから。キャムはあくまでも自分にそう言い聞かせた。その言葉を信じられるようになるまで。

9

ピッパはコートのポケットの奥に手を突っこんで背中を丸め、歩道を自宅へと急いだ。雪が降りしきり、身を切るほど冷たい風に骨の髄まで凍えていた。

バッグを肘にかけていたが風に飛ばされそうなので肩のストラップを調節し、体に斜めがけにする。

ここしばらく陰気な日が続いていたうえ、さらに悪いことに、つわりや極度の疲労との闘いでいくら寝ても眠たく、ほとほとうんざりしていた。

ピッパは角をまわってほっと息をついた。もうすぐ自宅だ。家に着いたらパジャマに着替え、ホットチョコレートを飲んで半日は眠ろう。

物思いに沈んでいたので、そばの通りに車がとまったのにすぐには気づかなかった。

肘をつかまれたとたんぎょっとして叫び声をあげたものの、相手が誰かわかって声をのみこんだ。

「キャム、びっくりさせないでよ！」

「車に乗るんだ」きびきびとした声が返る。「外は氷が張っている」

「我が家は目と鼻の先じゃない」

まるきり無視のキャムにドアの開いた車へと誘導されたピッパは、乗りこんだとたん顔を直撃する温風に思わずため息をもらした。たしかに車で送ってもらうのも悪くはないかもと思いつつ座席の奥につめると、乗りこんだキャムがドアを閉めて運転手に出発の合図を出した。

「電話をしてもなしのつぶてだし」キャムが早口で切りだした。「ぼくが近所まで来ると決まって留守なんて妙な才能だな。きみの友人にきいても居場所を知らないと言われるばかりで驚いたよ」

皮肉っぽい口調にひるみながらも、ピッパは罪の意識でさらにたじろいだ。

そこで車が速度を落とさず自宅前を通り過ぎたのであわてて身を乗りだした。「ここよ！　うちは」

「きみの家には行かない」

ピッパは座席にぐったりともたれるとため息をついた。「ねえ、あなたを避けていたのは認めるし、弁解はしないわ。でもお願い、今夜はあなたのお相手はできないの。くたびれ果てて機嫌も最悪だから。あなたを怒らせるだけだわ」

驚いたことに、彼は笑顔になった。「少なくともきみは正直だな」

キャムの態度が急変し、ピッパは心がときめいた。この人は憎らしいほど……魅力的だわ……笑っていると特に。

「どこに行くの？」ピッパはぷりぷりして尋ねた。

「どこかきみの機嫌がよくなるところへ」

「もったいぶっちゃって」

腹立たしいことに、キャムの笑みが大きくなった。と同時に眉根を寄せて向き直り、ピッパと真っ向から向きあった。その目に怒りはなく決意の色が色濃くにじんでいる。ああ、彼はとうとう臆病なわたしを追いつめ、もう逃がさないと警告しているのね。

「何があったんだ、ピッパ？　なぜぼくに連絡を返してくれなかった？　話はついたと思いこんでいたのに。きみが健診に行く日も知らないんだぞ。それとももう行ったのか？」

ピッパは顔をしかめた。「いいえ。あなたも同行できるよう知らせると言ったでしょう」

「きみは山ほど話してくれたが、どれ一つ実現していない」キャムが暗い声で言った。

「忙しかったのよ」いらだちで思わず声を荒らげた。「考えることが山ほどあったの。どうやって赤ちゃんを育てようかという件も含めてね。今はあなたの想像以上にストレスを抱えているの。あなたの生活はさほど変わらないかもしれないけど、わたしの生活は間違いなく激変するわ」

キャムの目が荒々しくなり、唇が真一文字に引き結ばれた。うっかり言いすぎたのは知っていたが、それでもピッパは誰かにかみつきたかった。間の悪いときに居合わせたキャムには気の毒だが、だからといって全部が全部こちらのせいではない。本当なら家にいるはずだったのだから。誘拐犯気取りのキャムには当然の報いだ。

でも、本当は当然の報いとは言えない。それはわかっている。彼は彼なりに努力しているし、言動も正しい。ある程度は。それでもこの妊娠を、この妊娠がどんな意味を持つのかを受け入れるのは難しかった。そもそも、人生が百八十度変わったのについていける人なんているだろうか？

「この件で苦しんでいるのは自分だけだと思っているのか？　きみや赤ん坊が無事かもわからないなんて最悪なんだぞ。きみはそんな不確実な状態で暮らしたいのか？」

猛烈な罪悪感に襲われ、ピッパは悩んだ。たしかにキャムはわたしに避けられるいわれはない。もしかしたら一人でなんとかしようと胸を痛めずに、一言相談していたら一緒に取り組めたのかもしれない。

「ごめんなさい」

ピッパは前に身を乗りだすと、広い肩をしっかり抱きしめた。当初、衝動的な仕草をどう受けとめていいかわからないように身を固くしていたキャムも、しだいにリラックスして彼女の体に腕をまわした。

ピッパは彼の首筋に顔を埋めてしがみついた。助けが必要な今、自分よりも強い存在に身をあずけると心地よく感じた。

「悪かったわ」再度謝った。「こういうのは苦手なの。あなたにあんな仕打ちをするべきじゃなかったのに。本当にごめんなさい」

キャムはやさしく体を離してから彼女の唇を指で封じた。やさしい目で見つめられ、ピッパの体が震えた。「約束してくれないか」ぶっきらぼうに言う。「これからはぼくを蚊帳の外に置いたり、避けたりしないでくれ」

ピッパはうなずいてたくましい腕の中に戻った。

キャムはなだめるように彼女の肩をなでてから耳元でささやいた。「きみのストレスをいくらか緩和できるかもしれないと言ったら、驚くかな?」

ピッパは体を引いた。慰めをくれる安全な腕の中から出たくはないが、何か知りたかった。彼女の目に問いかけが浮かんだのか、キャムが首を振った。

「すぐそこに行くだけだ。きみの家から遠くない」

謎めいた言葉を最後に口をつぐみ座席にもたれたキャムは、ピッパを抱き寄せて窓の外に目を向けた。

車はわずか数ブロック先の高級店が軒を連ねる通りにとまった。キャムはドアを開けて冷気の中に出ると、ピッパがおりるのに手を貸してくれた。

舗道に足をつくや、ピッパの目は交差点の角の店に釘づけになった。しゃれた店先の看板を目にしたとたん、口がぽかんと開いた。

〈ピッパのカフェ――こだわりのケータリング〉

まさに完璧だ。ショッキングピンクで今っぽくて、しかも乙女チック。わたしにぴったりだわ。

ピッパは彼の手を放して前に進み、ショーウィンドウからのぞきこんだ。店内はちり一つない。左手には座席と、焼き菓子やパンを並べるのにぴったりの大きなカウンター、その両端にはレジも二つある。

「信じられないわ。あなたがこれを？」

振り向くと、背後に立つキャムの顔には悦に入った笑みが浮かんでいた。

「入って好みに合うか確かめたらどうだい？」

キャムが彼女の目の前で、ろばの鼻先にぶらさげたにんじんよろしく鍵をちらつかせた。

「まあ、いやだ。もちろん！」

ピッパはひったくるように鍵を取るのももどかしくドアを開けた。足を踏み入れるとドアベルの涼やかな音色が響き、喜びの声をあげそうになった。

店内も美しく、壁にはカップケーキの写真が飾ってある。いたるところカップケーキだらけだ。わたしの好みがどうしてわかったのだろう？

「アシュリーに知恵を貸してもらったんだ」ピッパの心を読んだかのように、キャムが説明した。

「まさかここまでしてもらえるなんて」ピッパはささやいた。

キャムが奥に続くドアを示した。「衛生検査に通るか厨房を確認したほうがいいんじゃないか」

ピッパは片手で天板をなでながらカウンターをまわった。中に立つ自分の姿がありありと目に浮かぶ。

厨房に突進して急停止するなり、目の前の完璧な光景にうっとり見とれた。

調理器具にオーブン、冷蔵庫も最高級品だ。

ピッパの望むものや必要とするかもしれないものがすべてそろっている。自分の厨房に。自分の店に。

膝ががくがくしてきた。現実的に考えれば、丁重に断るべきだとわかっている。どれ一つ、まかなう余裕がないのだから。賃貸料がいくらか考えただけでぞっとする。はなから手の届かない値段だと知っていたから質問さえしていない。

一方では、こんな気前のいい贈り物を拒む自分にいらだっていた。キャムは時間と労力をたっぷりかけて非の打ちどころのない店を用意してくれたのに、あっさり断ったりしたら罰が当たるだろう。

「気に入った？」

不安そうなその声に膝を屈した。せっかくの好意を無下にはできない。キャムが歩み寄ろうとしてくれているのだから、自分だって同じようにできる。

「気に入ったかですって？」喉がつまりそうになった。「ああ、もう、キャムったら、大好きよ！」

またもたくましい腕に身を投げだすと、足を踏ん張って抱きとめてくれたキャムが笑い声を響かせた。

安堵(あんど)の波が全身に広がり、ピッパは目を閉じた。これで問題は残らず解決した。すぐに仕事を開始できる。少なくとも役所の許可がおりたら。

「この店は絶対、成功させるわ」熱く語った。「あなたの投資を無駄にはしないから」

キャムは慎重に抱擁から身を引くと、ピッパの両肩に手を置いて目をのぞきこんだ。

「これは投資じゃない。贈り物だ。賃貸料は二年分前納した。そのころには利益も見こめるだろう」

「信じられない。わたしのためにそんなことまで」ぽつりとつぶやく。「あんな仕打ちをしたのに。お礼の言葉もないわ。わかりっこないでしょうね。おかげでわたしのストレスがどれだけ減ったか」

キャムは目顔でピッパに忠告した。「ただしこの贈り物は条件つきだ。二つ約束してくれ。一つ、ぼくを避けるのをやめ、妊娠の諸問題に一緒に取り組めるようにすること。二つ、きみがやせ細ったりしないよう従業員は充分、確保すること」

ピッパはほほえまずにいられなかった。近づきがたいほど厳しいときのキャムはなんともかわいらしい。「約束するわ」

キャムは一瞬躊躇(ちゅうちょ)したが、愛撫(あいぶ)さながらやさしく彼女の両腕に手を滑らせた。「ピッパ、きみには望むものや、ふさわしいものをあげられないかもしれない。だがぼくにあげられるものは無条件できみのものだ。きみはぼくの子を宿している。きみたち二人の安全と幸福を守れるならなんでもする」

与えられる愛情がないと言われても、この人を愛するのは簡単だわ。キャムはわたしと距離をおくと決心しているみたいなのに、何くれとなく気を配ってくれる。

こらえきれずに抱きついて爪先立ちになり、引きしまった唇に唇を重ねると、キャムが息をのんだ。体の緊張が手に取るようにわかる。口ではどう言おうと彼はわたしを求めている。それでもこんなふうに惹かれあう力を利用したくはない。

「ありがとう」もう一度礼を言って体を離した。

キャムは手を取ろうとしたが、ピッパが後ずさったので指先しかつかめなかった。「夕食に行こう。情報不足を補って、店の計画も聞かせてほしい」

そんなふうに友情を示されると心が温まったが、内心何か物足りない気もした。本当なら二人は友情以上のものを育める。ピッパはそれを切望していた。

でも、もしかしたらキャムにとっては友情が精いっぱいなのかもしれない。

ピッパは彼を見あげて笑いかけ、指と指をからめた。「ぜひそうしたいわ」

10

明けて次の朝、自宅を出たピッパは路肩にとめた車に寄りかかる運転手に気づいた。彼女の姿を認めるや運転手が体を起こし、後部座席のドアを開けた。

「ミス・レイングレーですよね？　ミスター・ホリングスワースの指示で今日一日、店舗を始め、ご希望の場所におともいたします」

ピッパはため息をついた。これは少しばかり度を超しているわ。たしかに恩知らずなまねはしたくなくて店舗は受け取った。でもほんの数ブロック先まで行くのに運転手つきの車ですって？

ピッパの躊躇(ちゅうちょ)を感じ取ったかのように運転手がポケットから携帯電話を取りだし、急いでボタンを押して彼女に差しだした。

「断られそうになったら連絡を、とのことでしたので」困惑顔のピッパに運転手が説明する。

電話を受け取ると深みのある声が聞こえてきた。

「車に乗ってくれ、ピッパ。寒いから。歩道も滑りやすいし、今日はこのあと雪も降るらしい」

ピッパは思わずにっこりした。キャムのぶっきらぼうな言い方がなんともほほえましい。

「キャム、ずっとこんなふうにするなんて無理よ」

「無理？　ゆうべ話がまとまったと思っていたが、早くも取りやめかい？」

うまい切り返しね。断ればこっちが悪者じゃない。

「わかったわ」ピッパは小声で答えた。「でもこれっきりにしてね。もう充分よ」

「充分かどうかはぼくが決める」その口調からおもしろがっているのがわかった。

電話が切れたので、石頭の男性への不満をぼやきながら運転手の手を借りて車に乗りこんだピッパは、運転席から差しだされた名刺を受け取った。

「わたしの携帯電話の番号です。お出かけの際はいつでもお申しつけください」

名刺に目をやると、運転手の名がジョンだとわかった。ピッパは首を振りながらも車が発進すると座席にもたれた。「わかったわ、ジョン。あなたが失業して罪悪感を味わうなんていやだから」

運転手が賛同の印にうなずき道路に視線を戻した。

そのときみぞれが降り始めたので、ピッパは寒い中、外を歩かなくてすんだのをありがたく思った。

数分後に店の前でジョンに手を振って別れ、玄関に突進したが、ドアに鍵がかかっておらず仰天した。

「サプライズ！」ドアを開けて明かりをつけたとたん、女友達がカウンターの後ろから飛びだしてきた。

はじかれたように跳びあがったピッパは金切り声をあげて鍵を落とし、よろめきながらどきどきする胸に手を当てて鼓動を静めようとした。

「もう、びっくりするじゃない！」

急いでカウンターをまわってきた四人がピッパを囲んで、順に抱きしめていく。

カーリーが最後にピッパを抱擁した。「ごめんね。開店祝いのつもりだったの！」

ピッパは後ずさり、友人の興奮した顔を呆然と見つめた。「なぜ知ってるの？　どうやって中へ？」

アシュリーがほほえんだ。「キャムが電話をくれて、今朝早く家に寄って鍵を貸してくれたの」

「すごい店じゃないの！」タビサが叫んだ。

「ここに座って、おいしいお菓子をほおばっているお客の姿が目に見えるようね」

しつこく鳴り響くクラクションの音に会話が途切れ、五人は眉をひそめて首をめぐらせた。

若者が玄関の外で必死に手を振っている。

「いったい何事なの?」ピッパはささやいた。

ドアを開けて外をのぞくと友達が群がってきた。

若者がにやりと笑い、通りを手で示した。

「まあ、すごい」カーリーがつぶやく。

ピッパは唖然(あぜん)として、店先に駐車した色鮮やかな配達用のトラックを見つめるばかりだった。

まさに完璧だ。申し分ない。

白い車体の横に店の看板と同じくショッキングピンクで店名が記され、三色の花が彩りを添えている。

「キーはここに」若者が笑顔で手を差しだした。

呆然と受け取るピッパの目に涙があふれた。

友人たちが背後に押し寄せ、黄色い声をあげながら彼女を抱きしめた。

「さっそく乗ってみましょう！」タビサが提案する。

シルビアの目が輝く。「わあ、賛成！」

興奮のあまりピッパはにんまりと笑った。「いいわ、車まで競争よ」

友達と大はしゃぎで車に駆け寄り、歓声をあげながら運転席に乗りこんだピッパは、エンジンをかける前に向き直って全員を見まわした。

「キャムに言ったらただじゃおかないから。免許もないのに乗りまわしたなんて知れたら大目玉だわ」

アシュリーが無邪気に目をしばたたき、とぼけてみせた。「キャムって誰だったかしら？」

店を出発した車はすぐにスピードをあげ、五人は笑いながらラジオの曲に合わせて声高らかに歌った。こんなに楽しいのは初めて。ピッパは胸の中でつぶやいた。この妊娠騒動もそう悪くはなさそう。

わたしには今までどおりいい友達がいて、仕事の見通しも明るい。それに不安もいくらか減ったし。

キャムに感謝するべきだわ。

生涯の約束など論外で体の関係しか望まないと断言したキャムに。ピッパは鼻を鳴らしそうになった。距離をおきたいと言うわりに彼の行動は矛盾している。

「このままランチに行きましょう」タビサが誘った。「今日はわたしのおごりよ。そのあと店に戻ってカップケーキを作りましょう」

ピッパはにっこりした。名案だわ。

〈ピッパは大喜びよ。大成功ね、キャム〉

アシュリーからのメールを読んでキャムは思わず頬をゆるめると、携帯電話をポケットに戻した。車を目にしたピッパの瞳が輝くさまを想像したとたん、胸に痛みが走った。美しい笑顔が目に浮かぶようだ。妊娠した彼女がどれほど輝いて見えることか。

キャムは固めた拳で胸をこすり、ざわめきを払いのけようとした。

けれどもその感覚は消えなかった。ピッパの姿を頭から追い払えないのと同様に。目が覚めているあいだ、頭は彼女のことでいっぱいだ。しかもいまいましい話だが、それをどうにもできなかった。

11

玄関口で近づいてくるキャムの車を見守っていたピッパは、車がとまるや歩道の縁石まで急いだ。

ふくらんだおなかを包むサンドレスのスカートを押さえて助手席に乗りこむ。暦の上では春先にもかかわらずまだ寒くて風も強く、雨やときおりにわか雪が降る。それでも今日は気温が二十度近くまであがり、太陽が明るく輝いていた。

この何カ月かは……すばらしかった。おざなりの表現みたいだが、その言葉がぴったりだ。最初はキャムの友情を受け入れるのは難しかった――今もまだ難しいけれど、ときどき二人が末永く一緒にいられる気がしてくる。すると親しくなりすぎたのに気づいたようにキャムが身を引き、二人のあいだに砦(とりで)を築き直してしまうのだ。

でも今日は？　特別な日だから、心の奥で二人の仲が少しでも進展するようにと祈らずにいられなかった。なにしろ今日は我が子と――おなかの中の小さな命と初めて〝対面する〟日なのだから。

「神経質になっているのかい？」定期健診を受けるクリニックへ向かいながらキャムが尋ねた。

ピッパは大きく息を吸いこんだ。「たぶん」

キャムはやさしくほほえみ、手を伸ばして彼女の手を握った。「それでも検査を受けたい？」

ピッパはうなずいた。「知りたいわ。知らないと。親子の絆（きずな）を早い時期に築けたらと思って。名前を考えたり、服をそろえたりもできるでしょう」

キャムの視線を感じて初めて、ピッパは自分が夢見心地で微笑を浮かべていたのに気づいた。

「男か女か希望はあるのかい？」

ピッパは残念そうに笑った。「それが日によってころころ変わるのよ。昨日は男の子がいいと思っていたけど、今日は女の子。あなたはどう？」

一瞬キャムの目が寒々として、つばをのみこんだのか喉仏が上下した。笑おうとしたようだが、うまくいかなかったらしい。

「娘がいいかな」

「本当？　男性は息子を望むのかと思っていたわ」

キャムの目の光が薄れた。「いや。ぼくは娘がいい。黒髪に緑の目をしたきみのミニチュア版が」

自分にそっくりの娘を持つという案にキャムがうれしそうで、ピッパは頬を染めてにっこりした。

間もなくして車がクリニックの駐車場に入るや、ピッパの胃がざわめきだした。

「ああ、どうしよう」思わずささやく。「もう少しでおなかの子を見られるのね」

キャムは弱々しくほほえみ、再度彼女の手を握った。「さあ、確かめに行こう」


神経質になっているのはお互い様だが、キャムは検査室以外ならどこでもいいから行きたいと思っているようだった。なんだか……苦しそうだ。目には生々しい感情が浮かび、逃げだそうか真剣に悩んでいるのか、ドアにちらちらと視線を走らせている。

ピッパは唇をかんで、キャムの手に手を重ねたいという衝動を抑えた。当の本人はピッパのことなどどこ吹く風で検査技師を凝視して、刻一刻と不安そうな顔になっていく。技師に少しふくらんだ腹部の上までガウンをめくられると、ピッパは気を静めようと深呼吸を繰り返した。

ひんやりしたジェルを肌に塗られてたじろいでいるうちに、腹部にペン型のスキャナーを置かれた。

小さな塊がモニターに映ったとたんピッパは顔を近づけた。技師から脈打っているのが心臓だと説明を受け、涙がこみあげてきた。上を盗み見ると、キャムも同じく畏怖の念に打たれたような顔をしている。けれども目の奥に深い悲しみを見て取り、何を考えているのかといぶからずにいられなかった。

数分後に技師が再びスキャナーを移動させた。「赤ちゃんの性別を確かめますか？」

「ええ、もちろん」ピッパはささやいた。

「ほら、ここを見てください。男の子だ！」

ピッパは身を乗りだし、赤ん坊の性別を示す部分を愕然と見つめた。「まあ、大変、男の子だわ！　キャム、息子ができるのよ！」

キャムの表情を見たとたん興奮がしぼんだ。驚いたことに彼は立ちあがり、ピッパを残して部屋をあとにしてしまった。卓上のモニターにはまだ二人の息子の映像が鮮明に映っているというのに。

キャムはドアを乱暴に押し開け、矢も盾もたまらず建物から逃げだした。目頭が熱くなり、できるかぎり遠くに離れたくて仕方がなかった。

肌を刺す日光と顔をなぶる冷たい微風のおかげで涙がこぼれずにすんだ。喉のこわばりが大きすぎて息もつけず、ただそこにたたずんでいた。胸が焼けつき、剃刀をのみこんだように喉がひりひりする。

息子。もう一人の息子。

なぜ娘ではなかったんだ？　娘ならコルトンの思い出を脅かすことはない。それに最初の息子から鞍替えしたような気分にもならない。だいたい、どうすれば今度の息子を平気な顔で見られるんだ？　前に失った息子を忘れてもいないのに。

キャムは携帯電話を探しだしてジョンに連絡し、クリニックまでピッパを迎えに来るよう指示した。ぼくは最悪のまぬけだ。一番必要とされているときに彼女に背を向けたのだから。それでも芝居はできなかった。今にも死にそうな気分のときに、興奮して笑うふりはできなかった。あそこに立ってピッパの喜ぶ姿を見ていることも。

車の手配を終えたキャムは駐車場まで歩きだした。この数カ月は彼女のそばにいたくて街に泊まる日が多かったが、今は一刻も早く自宅の鉄門の陰に逃げこみたくてたまらなかった。

「あの人は帰ったの？」ピッパは困惑していた。

駐車場所に案内するジョンがまごついた顔をした。「緊急事態かと存じます、ミス・レイングレー」

「どんな？」思わず問いただした。「これより大事な用件があるというの？　だいたい、直接、自分は帰ると伝えに来ることもできなかったの？」

考えれば考えるほど腹が立ってきて、帰りの道中も腹の虫がおさまらなかった。今日は特別な日になるはずだったのに。今ごろは二人でお祝いしていてもおかしくなかった。なのに一人で帰宅しているなんて。こっちはキャムのいらだちの理由もわからないというのに。

この数カ月はすばらしかった。キャムは明るくなり、彼女のそばでは気をゆるめ、四六時中、緊張している様子もなくなった。少なくとも友情を育み、ピッパは二人の仲がすぐにも終わるというつらい将来への不安に目を向けなくなった。

それなのに、いったい急にどうしたの？

自宅の前に車が横づけになってもしばらく後部座席に座っていたが、やがて眉をひそめて身を乗りだした。「ジョン、キャムの行き先はご存じ？」

「グリニッジのご自宅に戻られたのかと」

自宅に？　家に戻ったですって？　どうしてまた？　この大緊急事態に帰宅したの？

ああ、もうっ、ありえないわ。彼の気まぐれにはもううんざり。

ピッパは勢いよく体を戻した。「今すぐグリニッジへ連れていって」

運転手が驚いた顔でバックミラーを二度ほど見直した。「なんですと？」

「だから、あの人の憎らしい洞窟へ連れていって」

「先にお電話をしたほうが。ミスター・ホリングスワースは在宅中、邪魔されるとご機嫌が悪くて」

「ミスター・ホリングスワースの機嫌がどうでもかまわないわ」ことさら愛想よく言う。

「あなたが連れていってくれないならタクシーで行くまでよ」

ジョンはため息をついて車を道路に戻した。

車が屋敷の正面にとまって運転席のドアが開く前に、ピッパは外に出て階段をずんずんあがっていた。玄関前でノックをしようか迷ったものの、はるばる来たあげくキャムが応じないと困るので勝手に入ることにした。

「キャム？」ドアを押し開けて中に入るや、けんか腰で叫んだ。「いったいどこにいるの？」

家の主（あるじ）が姿を現すのを待ったが、静寂の中むなしく反響する自分の声しか聞こえない。

「キャム！」ひときわ大声で叫ぶ。「おりてきたらどう？」

間もなく足音がしたかと思うと、階段の最上段に苦りきった顔のキャムが現れた。

「ここで何をしているんだ？　どうかしたのか？」

階段をあがるのが苦でなければ、キャムに一発お見舞いするところだ。何事もなかったかのようにふるまうなんて、厚かましいにもほどがある。

ピッパは首を振りながら拳をぎゅっと固め、彼を殴るところを想像した。

「どうしたのかなんてよくもぬけぬけと！　わたしの最高の瞬間を台無しにしておいて」

ゆっくりと階段をおりてくるキャムの足音が、静まり返った屋内に不気味にこだました。

キャムは下までおりてもう数歩進んでから目と鼻の先まで近寄ると、冷たい目で彼女を見おろした。

その視線にピッパは戦慄を覚えた。彼の目にはぬくもりのかけらもない。ここ数週間、見せてくれた友情も思いやりも。

「あなたの問題はなんなの？」

「そんなことを尋ねるために、わざわざこんなところまで来たのか？」

ピッパは非難めいた口調に気力をくじかれてはならじと彼との距離をつめ、広い胸に指を突き立てた。

「わたしたちは友達だと思っていたわ。あなたも少しはわたしを気にかけてくれているものとばかり。少なくともおなかの子のことは。でも、友達だったら今日のようなまねはしないわ。どういうつもりだったの？　検査室にわたしを置き去りにして運転手に迎えに来させるなんて。知りたいのよ。あなたの問題はいったいなんなのか」

「きみのせいじゃないんだ、ピッパ」

　氷を思わせる冷たい声を聞けば相手が本心を打ち明ける気などさらさらないとわかり、いらだちが増した。何か問題があるのに、教えてもらえるほど信頼されてはいないのだ。けれどもわたしに答えを求める権利があるだろうか？　二人は〝友達〟でしかない。キャムはわたしになんの借りもないのだから。その些細な事実を思い知らされて胸がうずいた。

「わたしたちは少なくとも友達だと思っていた」こみあげる感情でささやく声がかすれた。

　こうして来たのは愚かだったと気づき、ピッパは顔を背けた。ここは歓迎されざる場所だ。二人が最初に夜をともにして以来。翌朝にはきれいさっぱり別れる予定が外れたキャムは、あれ以来二度とわたしを自宅には連れてこなかった。会うのはもっぱらニューヨークで、ここにはけっして来なかったのだ。

　わたしはこうやって思い出す必要があったんだわ。危うく期待がふくらみかけていたから。目の前の男性との将来を夢見るようになっていたから。

「次回の健診にはもう来ないで」硬い声で言ってきびすを返して歩きだしたが、玄関に着く寸前、足音もなく近づいたキャムに手をつかまれた。

「ピッパ」

たった一言から多くの感情が伝わってきた。後悔や悲しみが。

ピッパは足をとめたものの、彼に握られた手が震えていた。

「悪かった」キャムが静かに謝った。「こんなふうに帰らないでくれ」

ピッパは怒りの涙をぐっとこらえて振り向いた。「なぜ？　もっともな理由を教えて。わたしにはここに来てほしくもないくせに。なぜ二人で関係めいたものを持つふりをしているのかもわからない。これ以上傷が深くなる前におしまいにしましょう」

「ここへは誰であれ来てほしくないんだ」荒々しく言い放つ。「何もきみだけじゃない。だが……今日はいてくれ。健診の件は謝る。ぼくがばかだった。きみの大事なひとときを台無しにしてしまった」

「〝ぼくらの〟でしょ」ピッパは訂正した。「あれはわたしたち二人にとっても、我が子にとっても大事な瞬間だった。ふた親が息子の存在を初めて知るのだから。親と子にとって忘れられない瞬間になるはずだった。でも正直、今は思い出したくもないわ。だって息子だと知ったとたん、父親が背を向けたなんて我が子にどう説明したらいいの？」

キャムがたじろぎ、顔が青ざめた。ピッパを見返す鮮やかな青い目が陰りを帯びた感情で光を放つ。

わななきながら立ちつくしていると、懸命にこらえていた涙がピッパの頰を滑り落ちた。次の瞬間にはたくましい腕に包まれていた。キャムにしっかりと抱きすくめられ、呼吸もままならない。重なった大柄な体が震え、鼓動の速さまで感じられた。

「泣かないで」キャムがささやいた。「すまない、ピッパ。ここにいてくれ。悪かった。きみはこんな仕打ちを受けるいわれはない。許してくれ。頼む」

それから唇を奪われた。息をのむほど熱い、しゃにむなキスだった。キャムはピッパへの欲求が何よりも大事だと言わんばかりに、死に物狂いで触れてくる。彼女が世界一大事だとでも言うように。

相手の悲しみや不安が波動と化して伝わってくる。キャムの絶望と悲嘆が。そして後悔が。ピッパは、彼の心の奥底で荒れ狂うあまねく感情に手で触れられそうな気がした。

やがて愛撫（あいぶ）の手がやさしさを増し、ぼくを拒まないでくれと懇願せんばかりになった。ぼくにも触れてくれ、求めてやまない慰めを与えてくれ、と。

キャムの心の砦が崩れかけているのに、いつまでもよそよそしく冷淡にはできなかった。ピッパはキスを返し、唇を重ねたままやさしくささやいた。それからわずかに伸びた顎ひげに手を滑らせ、彼の頬を手で包みこんだ。理解と許しの印に。

キャムは羽根のように軽々とピッパを抱きあげて階下の寝室へと運び、ドアを開け放したままベッドの上に彼女をおろした。

激しく飢えたような動きで組み敷かれ、体の上を容赦なく下がっていく男性の感触にピッパは息をのんだ。再び唇を奪われ、またも息さえつけない。

キャムはいらだたしげにサンドレスを脱がせると、脇に放り投げた。下着もいつの間にか消え去り、ピッパはとうとう彼の下で一糸まとわぬ姿になった。

そのときキャムの表情が変わった。陰りが幾分消え、驚きに目をみはっている。手のひらを注意深くやわらかな腹部に滑らせるとふくらみを手で包んでから、驚いたことに頭を下げて口づけた。

「すまなかった」キャムがもう一度ささやいた。

こみあげる感情のせいかはっきりしない言葉だったが、ざらついた謝罪の声がピッパの胸を打った。誰が聞いても、自らの行動を心から悔いていると思っただろう。キャムは今、無防備にも、彼女の目の前で心をさらけだしていた。

ピッパはそっと彼を抱き寄せた。「もういいの」

さらに引き寄せて唇を重ねると、二人の舌がじゃれあった。キャムがキスを深め、腹部に体重をかけないよう気をつけながらも彼女の体を我が物顔でもてあそんだ。

ピッパの首筋にやさしいキスと、キスマークが残るほど荒々しいキスを交互に繰り返し、体を下げる合間に肌をなめたり、かんだりする。

やがて胸まで下がると片方の頂の上でとまり、仰向いて彼女と目を合わせた。

「ここは前よりも敏感かな？」かすれた声で尋ねる。

キャムが返事を待つかたわら頂の上に親指を走らせたので、ピッパは身震いした。

「そのとおりよ」

「それなら特に気をつけよう」

とがった先端に、どこまでもやさしくゆっくり舌を這(は)わせてから口で吸う。ピッパは欲望の波にひっきりなしに襲われてたくましい腕の中でなすすべもなく弓なりになり、ベッドから体を浮かせた。

あの初めての夜以来、久しぶりだ。ピッパはキャムがほしくてたまらず、この数週間は拷問に等しかった。もちろん彼は細やかな気遣いと思いやりを示してくれたが、二人のあいだの壁は明らかだった。

体を重ねたからといって何も解決はしない。百も承知ながらも、今は肌の触れ合いを求めていた。

ピッパは至福の吐息とともに巧みな口づけの前に屈した。

キャムが下へ移って大きな手で彼女の腹部を包み、小刻みにキスし始めたので涙がこぼれそうになった。

なおも体を下げてベッドの端まで行くと、彼女の太腿を広げた。熱く潤った部分に口づけを受け、ピッパはばらばらになりそうだった。

ヒップを抱えて舌で探索を始めたキャムは、じっくりと官能的に攻めていく。ざらついた舌とは対照的に、その舌使いはどこまでもやさしい。

ピッパは狂おしい愛撫にじっとしていられずキャムの髪をつかんで、リズミカルに腰を動かした。

「キャム、お願い。あなたがほしいの」

ベッドからおりたキャムに両手で脚を引き寄せられると、ヒップがマットレスの端に落ち着いた。

「ぼくに脚を巻きつけるんだ」

荒々しい命令に従うや、キャムが中に滑りこんできた。

その固い感触に衝撃を受け、ピッパはあえいだ。今回は二人を遮るものはなく、肌がじかに触れあう。

キャムのざらついたうめき声が静まり返った部屋にこだました。

指が食いこむほど強くヒップをつかまれたかと思うと、急にやさしい手つきでキャムの両手が腹部を滑っていく。

「きみを傷つけたくないんだ」

手を伸ばしてキャムを引き寄せたピッパは、重なった体のぬくもりに包みこまれた。「あなたに傷つけられたりしないとわかっているわ、キャム」小声で促す。「わたしを愛して」

それは胸の内を告白したも同然だった。相手は喜ばないと承知していたからこそ、今までは封じていた自らの思いを。

キャムが我が物顔に彼女の唇を求め、まだ足りないというように両手であますことなくなでまわす。

さらに奥まで入ってきたキャムをピッパは抱きしめ、やさしく包みこんだ。今は絶頂よりもこの親密なひとときのほうが大事だわ。確立されつつある二人の絆のほうが。

これはセックスじゃない……。それ以上のものよ。

ピッパはキャムの首筋にキスしてからこぼれそうな言葉をかみ殺すと、男らしい香りを吸いこみ、たくましい体にぴったりと寄り添った。

温かく甘美な喜びが血管を駆けめぐり、爆発するような快感に変わって、ゆるやかにのぼりつめていく。全身の筋肉が期待で張りつめ、どんどん高まる。

「キャム！」

ピッパは全身でキャムの力強さを感じていた。自分を組み敷く筋肉が張りつめていく。ピッパの名前をささやいた瞬間、彼が頂点を極めるのがわかった。

しばらくのあいだキャムは動きをとめていたが、やがて彼女の体の上に折り重なった。その体は最高に暖かな毛布を思わせる。キャムが額と額を重ね、軽く音をたててキスを繰り返した。

「ピッパ」

たった一語だったが、ささやいたその一言に多くの意味がこめられていた。

12

目を覚ました瞬間ピッパは自分がどこにいるのかわからず、熟睡していたのに気づくまで何秒かかかった。やがて寝返りを打って時計を探してからほっと息をついた。眠っていたのはほんの一時間らしい。

上体を起こして暗い部屋を見まわしても、キャムの姿は見当たらない。とはいえ、そもそもことが終わるとすぐにベッドを出たのかもしれない。

ため息をつき、起きて服を探したが、すぐにベッドの上のローブに気づいた。どうやらキャムもまるきり思いやりに欠けるわけではなかったようだ。

ピッパは着替える前にシャワーを浴びようと、ローブをはおってバスルームに向かった。たしかにキャムとベッドをともにするべきではなかったのかもしれない。あれはなんの解決にもならないけれど、かといって二人の仲がさらにこじれたわけでもない。ピッパの今の望みは単純な真実なので、この件でぐずぐずと自分を責めるつもりはなかった。

愚かにも愛情に報いる気など毛頭ない男性に恋をしたために問題はそれ以上に複雑だった。さらに悪いことに、キャムの子を身ごもっている以上、二人の縁は永久に切れない。万一、彼が誰かほかの女性と結婚した場合でも。

胃がむかむかしてきたのでピッパは目を閉じ、手早くシャワーを浴びた。

数分後に決然とした足取りで寝室から出ると、書斎でキャムを見つけた。ドアを背に暗闇をぼんやりと見つめている。対決を心に決めていたものの邪魔するに忍びなく、しばらくその横顔を見つめていた。

ズボンのポケットに手を押しこんだ彼の寂寥（せきりょう）たる思いの浮かんだ表情を目にしたとたん、ピッパははっと息をのんだ。そのときキャムが振り向き、ドア口に立つ彼女を見つめた。

「腹は減っていないか？」

「先に話したいの」穏やかな声で告げた。

まるで避けては通れないと悟ったかのようにキャムが息を吐いた。

ピッパはこのまま無視されないよう前につめ寄った。「キャム、息子の何が問題なのか知りたいの。娘だと考えているときは幸せそうだったのに、男の子とわかったとたんそそくさと逃げだすなんて」

キャムの顔色が青くなり、死人さながらぼんやりとした目つきになった。目を閉じ、唇を引き結んでしばらくのあいだ、自分と闘っているみたいだった。キャムに追いだされるに違いない。ピッパはそう考えていた。彼は激怒しているようにも、打ちのめされているようにも見える。

しばらくしてキャムがとうとう目を開き、生気のない目で見返してきた。自分の勝ちだというのになぜそう思えないのだろう？　ピッパはいぶかった。

「わかった。話そう。ただし夕食のあとだ」

今話したいと言いかけたものの、なぜか思いとどまった。彼には心の準備が必要なのかもしれない。

ピッパをキッチンのアイランド型のカウンターに案内して冷蔵庫に向かったキャムは、すぐに渋い顔で振り返った。

「残念だが選択肢は少ない。家政婦の用意した食材があるが、外食が多く料理はめったにしないんだ」

ピッパはスツールから滑りおりて、カウンターの角をまわり、片手を振って彼を追い払った。「わたしに任せて。何か作るからそのあと話して」

キャムが代わっておとなしくスツールに腰かけると、ピッパは貯蔵室の中身を調べ始めた。

まだ新しいクロワッサンを見つけ、ハムとチーズを挟んでオーブンで温めた。その合間に、果物が山ほどあったので手早くフルーツサラダも作る。

ハニーマスタードとマヨネーズ、フルーツサラダ、水のグラスを並べて、最後に二枚の皿にこんがり焼けたクロワッサンを盛ってキャムの隣の席に着いた。

「うまい」キャムは一個目のクロワッサンをぺろりと平らげた。「一見簡単そうだが、ぼくには考えもつかない料理だ」

ピッパはにっこりした。「あり合わせの材料で作るのは得意なの。子供のころ家族で食卓を囲む機会が少なかったから、料理は早くに覚えたのよ」

キャムが首をかしげた。「そういえば、きみは家族の話をあまりしないな」

ピッパは〝あなたも同じでしょう〟と出かかった言葉をのみこんだ。今はそれより大事な話がある。

ピッパは肩をすくめた。「さあ、どうしてかしら」

「教えてくれ。ご家族には頻繁に会うのか？」

ため息をつく。「母とは会わないほうがお互い心穏やかに暮らせるの。もっとも今はパリに滞在中だけど。新しい恋人とね。あいにく若さに執着するタイプだから孫ができるなんてとても言えなくて」

母娘（おやこ）のあいだに愛情はあるが、悲しいかな、母のミランダには母性が欠けていた。一人の男性と数カ月以上つきあうという概念が欠けているように。ピッパは母を見るたびに蝶（ちょう）を思い出す。花から花へと飛びまわり、けっして一箇所にはとどまらない。

片やピッパ本人は家でゆっくり過ごすのが好きで、友達とのつきあいや単調な日々の繰り返しに満足感を覚えるタイプだった。

キャムがたじろいだ顔をした。「なんだか穏やかに聞こえないな。お父さんはどうなんだい？」

食欲がなくなり、ピッパは食べかけのクロワッサンを皿に戻した。「わたしが幼いころに離婚したの。だからといって父だけを責められないけど。母は控えめに言っても難しい人だから。父は数年前に亡くなって財産を遺（のこ）してくれたの。店が軌道に乗るまでこうして生活の心配がないのは父のおかげよ」

キャムは眉をひそめた。「どうやら仲のいい家族とは言えないみたいだな」

「そのとおりよ」ゆったりと答える。「それより、今夜はあなたの話をする約束だったでしょう」

キャムは顎をこわばらせた。「話したからといってなんの解決にもならない」

「あらそう？　あなたにとってはそうかもしれないわね。でも、いいこと、わたしはあなたの子供を身ごもっているし、今日みたいなことが今後も起こりうるか知る必要があるの。あなたが急に取り乱して、息子の誕生日パーティーから逃げだしたりする可能性があるのか。本題に入りましょう。話してくれないなら、ここを出て二度と戻るつもりはないわ」

「それは脅しかい？」

ピッパはまばたきもせずに彼の目を見つめた。「脅したりしてないわ。ただ約束をしているだけ」

キャムが皿を脇に押して立ちあがるとスツールが倒れそうになった。両手をズボンのポケットに押しこんで大股にキッチンを出て居間に入った。

ピッパはひるみもせずにあとを追って、何十センチか後ろでとまった。しばらくのあいだキャムは背を向けていたが、怒りの波動が伝わってきた。そのあと、急に振り返ると、目がぎらついていた。

「ぼくにはもう一人息子がいた。コルトンという名だ。それに妻も。エリースだ」

ピッパの目が皿のように丸くなった。予想もしていなかった展開に、口を開けてからまた閉じた。

「何も言わないのか？」つっけんどんにきく。

ピッパはキャムの全身から放たれる怒りを無視していたが、彼がかろうじて自制心を保っているのはわかっていた。ふいに多くのことが腑に落ちた今、傷ついたライオンをつくつもりなど毛頭なかった。

「何があったの？」そっと尋ねる。

「ぼくは二人を失った。妻子を一度に。まだ生まれて間もない息子は世界一愛らしい赤ん坊だったよ。エリースは生気にあふれ、すばらしい母親だった」

その声ににじむ苦痛と今もって彼の目を曇らせる悲嘆に、ピッパの胸がよじれた。

「娘なら耐えられたと思う」キャムは喉をつまらせた。「誕生を楽しみにしただろう。でも息子は無理だ。コルトンから鞍替えするような気がするんだ」

ピッパはショックで口をぽかんと開けた。もう一人息子ができたからといって最初の子から鞍替えするなんてありえない。そう否定したかったが、あくまで沈黙を守った。自分には意味をなさないことでもキャムが固く信じているのは、あの目に浮かぶ苦悩を見れば明らかだ。

ピッパはしばらく立ちつくし、なんとか理解しようとしていた。腹部のわずかなふくらみを見おろすと赤ん坊を守りたいという強烈な思いに駆られ、キャムをちらりと見あげてから同様に顎を引きしめた。

　怒りと悲しみが心の中でせめぎあっている。それほどの恐ろしい喪失を味わった彼への悲しみ。それでも我が子がその代償を払うことへの怒りが。

「つまり、あいにくと自分の意に反する性別で生まれるから息子に愛情をかけられないというのね？」

　キャムの鼻孔がふくらみ、目が怒りでぎらついている。彼は憤懣やるかたないと言わんばかりに彼女につめ寄った。「そうは言っていない」

「でもあなたのこれまでの言動からは、そうとしか思えないわ」

　キャムが手でかきあげたので、すでに乱れていた髪がくしゃくしゃになった。「ぼくだって努力しているんだ、ピッパ。いまいましいほどに。これがぼくの希望に反する展開なのは知っているはずだ」

「承知のうえよ！　これ以上ないほどはっきりさせてくれたもの。あなたはわたしがほしくなかった。わたしたちの子供がほしくなかった。でもね、この子には選択肢はなかったの。悪いのはこの子ではなく、避妊をきちんとできなかったまぬけな両親よ。だけどいい？　わたしは残念とは思っていないわ」

　ピッパは言葉を切り、胸を上下させた。

「残念に思ってないの」なおさら激しく言いきる。「コンドームが破れたのを残念に思ったりしないわ。わたしはこの子がほしい。わたしたちの息子がほしい。あなたが過去にどっぷり浸ってこの子という奇跡を否定したければ、どうぞご勝手に。でもわたしはそんなたわごとを我慢するなんてまっぴらよ」

身を翻して足音も荒く正面玄関へ向かったピッパは、押しかけてきた際に投げだしたバッグをつかんだ。ジョンが近くにいるかわからないがかまわなかった。必要ならアシュリーのうちまで歩けばいい。

「ピッパ！」

ピッパは玄関を押し開け、暗闇の中に飛びでると後ろ手にドアを勢いよく閉めた。

ああ、なんてばかなの。あの人とベッドをともにするなんて。あんなふうにクリニックに置き去りにされたあとだというのに。キャムは初めから自分の考えをはっきりさせていた。それなのにわたしはずっと彼と会うのに同意してきた。あの人を癒やす存在になれると一縷の望みをかけていたみたいに。

ピッパは諸悪の根源とのあいだにできるだけ距離をおこうと決心して、ずんずんと私道を進んだ。

「ピッパ！　くそ！　どういうつもりだ？」

戸口からキャムの大声が聞こえてきてピッパはひるんだ。彼女は携帯電話を取りだしながらアシュリーが今夜家にいますようにと必死で祈った。友人が留守なら、最寄りの駅かどこかまでうんざりするほど歩くはめになる。

私道の端に到着したピッパが親友の家の方角へ向き直ると、ヘッドライトが闇を切り裂き、続いてエンジンの轟音が聞こえてきた。キャムが彼女の脇に車を寄せてウィンドウを下げた。

「車に乗れ、こんなまねをするなんて正気の沙汰じゃない」

ピッパは彼に顔を向けたが、足はとめなかった。「あなたの家にあと一分でもとどまるほうが、よっぽど正気の沙汰じゃないわ。アシュリーの家に行くから大丈夫よ」

キャムが耳を覆いたくなるような悪態をついた。それからピッパの正面にＳＵＶを寄せて路肩にとめると、外に出て大股で彼女のもとに戻った。

「なあ、せめてアシュリーの家まで送らせてくれ。何も暗闇を一人でうろつく必要はない」

「アシュリーの家に直行すると約束するなら」

「乗るんだ」キャムがうなるように答えた。

助手席側にまわり、車に乗りこんでドアを力いっぱい閉めたピッパは、キャムが運転席に戻り車を発進させても横を見ようともしなかった。

しかも彼が口を開きかけたとたん向き直り、手をあげて制した。「やめて。聞きたくないの」

キャムは再び沈黙し、親友夫婦の家の私道に車を入れ、正面に車を寄せた。完全に停止する前に車から飛びでたピッパは、ドアを乱暴に閉めて玄関へと向かうあいだも一度も振り返らなかった。

玄関にたどり着く前にアシュリーがドアを開けてくれた。そのときにはもうキャムの姿はなかった。

「ピッパ？　いったいどうしたの？」

友達の前で立ちどまったとたん、ピッパの目から涙があふれだした。「今夜の宿が必要なの、アッシュ。一晩、泊めてくれる？」

13

「ねえ、デヴォン、あなたの友達だから言いにくいけど、あの人のせいでもう頭がおかしくなりそう」

デヴォンは同情のこもった目でピッパを見ながらジュースのグラスを手渡した。

「あいつは頑固者なんだ。いつだってそうだった」

アシュリーがピッパを抱きしめた。といっても、大きなおなかがつかえていたが。

ピッパは鼻をすすってジュースを少しだけ飲んだ。

「信じられないわ。息子だからって、キャムがあそこまでパニックに陥るなんて」

デヴォンが女性二人を不安げに盗み見ているが、それも仕方ない。なにしろホルモンバランスの崩れた妊婦が一人でも大変なのに二人もいるのだから。

「愛する人を失うのがどれほどつらいか理解できるわ。本当なら〝ああ、かわいそう〟と同情して慰めてあげるべきなのに。でもだめ、できないの！」

置いた。

ピッパは乱暴に涙をぬぐい、ソファーから身を乗りだすとコーヒーテーブルにグラスを置いた。

デヴォンはゆっくり首を振った。「いや、きみは正しいと思う。今のあいつには同情が一番必要ない。たしかにキャムは昔からの親友だが、そろそろ過去に縛られるのをやめて今を生きるべきだ」

ピッパは惨めな気分でうなずいた。「薄情に見えるでしょうけど違うのよ。キャムがあれほど苦しんでいるのを見ると胸が痛むわ。でも父親が最初の子から鞍替えしたと思われたくなくて自分を捨てたと知ったら、息子がどう感じると思うのかしら?」

「あなたが我が子を守ろうとするのは当たり前よ」アシュリーが激しく言いきった。「そのことで申し訳なく思う必要はないわ。キャムはばかよ」

ピッパはたじろいだ。「愛する人の死を悼むのはばかじゃないわ。それは理解できるの。キャムが愚かなのは悲惨な過去を振り返るばかりで、せっかくの二度目のチャンスに目を向けようともしないからよ。この子はコルトンに取って代わったりしないわ。誰もそんなまねはできない。それをどう理解させたらいいかわからないの。今は彼に理解させたいのかもわからない。疲れたわ。こんなばかげたゲームに。今の表面的な関係で幸せだから、お互いこれ以上は必要ないというふりをするのに。幸せなんかじゃないわ。自分の一部しかくれない男性と一緒にいても。わたしはわがままな女だから全部ほしいの」

デヴォンがにやりとするかたわら、アシュリーが再びぎゅっと抱きしめてくれた。ピッパはしばらく友人の腕に包まれて慰めに身をゆだねた。

「ピッパ、今はそう思えないかもしれないが、きみに出会えたのはキャムの人生で最高の出来事だ」

デヴォンの言葉にピッパはため息をついた。「ええ、そのとおりよ。でもわたしは苦しみに耐える殉教者って柄じゃないもの。自分の価値に気づいてくれない男性なんてまっぴら」

「さすが。その意気だよ」デヴォンは感心しきりだ。

一方でアシュリーが抱いてくれる腕に力を入れた。

ピッパはすっかり惨めな気分で再び親友の腕の中で身を丸めた。「ああ、アッシュ、わたしったらまたあの人とベッドをともにしたのよ。今夜。あんなふうにクリニックに置き去りにされたあとだっていうのに」

デヴォンが咳払いをした。「ええと、その……そろそろ二人きりにさせてあげるよ。何か用があったら呼んでくれ」

ピッパは部屋からそそくさと逃げだすデヴォンをおかしそうに見ていたが、ため息をついてアシュリーの肩に頭をあずけた。

「わたしはばかよ。あの人もそう。ばかはお互い様ね。だってまだ彼を愛してるんだもの」

アシュリーがやわらかな笑い声をたてた。「ばかじゃないわ。愛する相手は自分では選べないもの。わたしだって、なんとかしてデヴォンを愛すまいとした時期があったわ」

「デヴォンも一時はまぬけもいいところだったものね。どうやらそれもあってキャムに期待をかけたみたい。あの人も考えを変えると思って。なんてばかなの。そう思うでしょう?」

「いいえ。あなたは利口で勇敢よ」

ピッパはほほえんだ。「ありがとう、アッシュ。夫婦水入らずの夜を邪魔したあげくに、涙でびしょ濡れにしてごめんなさいね」

「あら、わたしなんて何日もあなたの家で泣き明かして、ハンカチ代わりにしたじゃない」

「ええ、そうだったわね。でも最終的には万事丸くおさまったわ」ピッパは唇をへの字に曲げた。「わたしの場合は同じ結末とはいかないみたい。キャムは悲しみにどっぷり浸ったままで平気みたいだし」

「キャムだってそこまでひどくはないわよ」アシュリーはやさしく慰めた。「今はつらいでしょうけど、あなたは正しいことをしたのよ。そのうちわかるわ。きっとうまくいくから。そう信じないとだめよ。キャムも考えを変えるわ。我が子を一目見ればいちころよ」

ピッパはアシュリーの肩から頭をあげた。「あなたの言葉が正しいことを願うわ」

翌日、デヴォンに車でカフェまで送ってもらったピッパは、オープンも間近で神経がすり切れそうだった。

事務手続きはすべて終わり、材料もそろい、厨房の準備は万全だった。あとは……開店するのみだ。

すでに配達用の運転手を始め、従業員募集の広告も出している。

とうとうだ。ようやく自分の店を持つという夢がかなう。こんなに怖いのは初めてだ。

電話で従業員の応募者に面接の日時を伝えたピッパは、配達された食材の箱を開け始めた。

食材を片付け終え、正面玄関から出て戸締まりをしたあと通りに向き直るや、車のそばで待つキャムの運転手に気づいてあきれたように首を振った。

ジョンが車のドアを開けて手招きしたので、ピッパはため息をついて後部座席へ乗りこんだ。

近所のアパートメントまで車に乗るのを断るほどプライドが高くはない。歩くにやぶさかでないが、おなかが大きくなるにつれ、足に負担がかかっていたせいもある。

自宅前でおろしてくれたジョンが翌日の迎えの時間を確認して帰っていくと、ピッパは正面玄関の階段をのぼった。と、玄関口で大きな青いリボンを結んだかごを見つけた。

玄関の鍵を開けてかごを中に入れると玄関のテーブルに鍵とセーターを置いてから居間に入り、コーヒーテーブルの上にかごを置いた。

見ればリボンの下にカードがある。

〈許してほしい。キャム〉

ピッパは急いでかごに手を伸ばし、中から新生児用の小さなヤンキースのユニフォームを引っぱりだした。思わずにっこりすると、視界が涙でぼやけた。なんとも愛らしい。息子の初めての服だ。

続いて出てきたのはテディーベアだ。野球のボール、小さなキャッチャー・ミット、それにヤンキースタジアムでの次のホームゲームのチケット二枚。

キャムがそばにいなくてよかった。ピッパはそう思わずにいられなかった。そばにいたら彼を抱きしめて、何もかも許していたはずだから。

自分の欠点はそこだ。寛大すぎるのだ。二重人格者並みに煮えきらない態度をとるキャムに、ドアマットみたいに踏みつけにされるつもりはない。

けれども自分が傷ついたのと同じくらい、キャムも苦しんでいると考えただけで心臓が締めつけられそうになる。出産までまだ五カ月ある。亡き最初の子から鞍替えするという考えをキャムが払拭するには充分ではないだろうか？

「ああ、キャム」ピッパはささやいた。「どうしたらいいの？　あなたを。そして二人のことを」

今できるのはあるがままを受け入れ、キャムの考えが変わるよう祈るだけだ。それでも彼の気が変わらなかったら？　潔く自分と息子の負けを認めよう。そして、父親に望まれなかったという苦しみを我が子に味わわせないためならなんでもしよう。

14

記念すべき日、ピッパは巨大な岩をのみこんだような気分だった。前の晩はストレスにさらされながら準備に明け暮れた。カーリーには徹夜で手伝ってもらったが、アシュリーはいつ子供が生まれてもおかしくない状態なので早めに家に追い返した。

それでもアシュリーはほかの友達と一緒に午前九時の開店時間までには戻ると約束して帰っていった。

「この商品の陳列、すてきね」カーリーが声をかけてきた。「従業員は何時ごろ来るの?」

ピッパは額を手の甲で拭いた。「もうすぐ。本当は徹夜で手伝ってもらってもよかったけど、なにしろ自分でやらないと気がすまないたちだから。でもみんな優秀だから今後必要なら店を任せられるわ」

カーリーが笑い声をあげ、ふいにピッパを抱きしめた。「少しは休憩しないと。くたくたって顔よ」

「今日は休憩はなしよ」ピッパはにんまりした。「午後まで店は閉めないから。それにお客が大挙して押しかけてくるのを願っているの。でもキャムの出してくれた店の広告は少々やりすぎだったかも。お客様にがっかりされないことを願うばかりよ」

「ありえないわ」カーリーがきっぱりと否定した。

そのとき玄関のベルが鳴り従業員が到着したので、カーリーと一緒にショーケースの陳列を頼んだ。その間自分は厨房をぴかぴかに磨きあげ、満足すると身繕いのため化粧室に入った。

「ピッパ、そこにいるの？」

化粧室のドアを開けるとカーリーとタビサが立っていた。二人とも化粧ポーチを携えている。

「髪とお化粧を直してあげるわね」

タビサの言葉にピッパはにっこりして便座のふたを閉めて腰かけると、いよいよだわと胸を躍らせた。自分の夢が今日、実現する。当初の計画とは違ったものの、何一つ変更しようとは思わない。

最初は仰天した息子のことも今では溺愛していた。自分がほかの誰かとこれほど強い絆を結べるとは想像もしていなかった。最近はおなかの子に話しかけるのが日課だ。夜ソファーでくつろぐときも子守歌を聴かせたり、物語を読み聞かせたりしている。

息子のおかげで生きる目標ができ、必ず成功して自慢の母親になると決意が固まった。自分が母親に抱くような思いを我が子には感じさせたくない。

息子は人生で一番大切な人になるだろう。

タビサとカーリーが化粧とおしゃべりで間近に迫るオープンの緊張から気を逸らしてくれたおかげで、その後の三十分はまたたく間に過ぎ、ピッパの胸は女友達への感謝でいっぱいになった。

仕上げのマスカラを終えたところでドアが開き、アシュリーとシルビアが飛びこんできた。

「ピッパ、早く見に来て！」

アシュリーが叫ぶなりピッパの手をつかみ、正面玄関へ連れていった。よろめきながらイートインのスペースに入るや、ピッパの目が丸くなった。

人、人、人。人の海だ！

店の入り口付近に開店を待つ客が群がり、優秀な従業員がホットコーヒーのカップと焼き菓子のサンプルを配ってくれている。

思わず涙が落ちかけたところでカーリーに耳打ちされた。「せっかくのマスカラを台無しにしたら承知しないから！」

ピッパは声をあげて笑い、興奮して友達全員と抱きあった。

三十分後の開店と同時に客が殺到したが、友人の応援でうまく切り盛りでき、店内には笑いがあふれた。

結局、行列は二時間ずっと途切れなかった。

正午過ぎに客の波をかき分けて玄関から大股で入ってきたキャムが、ピッパの姿を見つけてじっと見つめたままカウンターに近づいてきた。

「さあ、行って」アシュリーがささやいた。「レジはしばらく代わるから」

ピッパは親友の言葉に甘え、カウンターの端をまわってキャムのそばに行った。

「ずいぶん大勢、客が集まったな」声が届くところまでピッパが近づくと、キャムが切りだした。

「すごいでしょう！　信じられないわ。みんな朝からずっとてんてこ舞いなのよ」

キャムはほほえんだ。「コーヒーを一杯と、きみの時間を数分、分けてもらえるかな？」

友人をちらりと見ると全員が手を振って〝店は任せて〟と合図をしてくれたので、手を振り返してからキャムに答えた。「いいわ。数分なら大丈夫」

コーヒーをつぎ、クロワッサンやカップケーキを皿に盛ってからキャムを厨房へ案内した。

厨房を通り抜け奥のオフィスへ入ると、ピッパはドアを閉めてから小さな机の前の椅子に沈みこんだ。

「ああ、最高。もう立ちあがれないかも」うめくように言う。

キャムが心配そうに目を細めた。「最後に眠ったのはいつだ？　ゆうべは一晩中ここにいたのか？」

「最近はあまり寝てなくて」ピッパは残念そうに答えた。「それに、ええ、ゆうべは徹夜で準備したの」

「休んだほうがいい。おなかの子にもよくない」

「反論はしないわ。今日は家にまっすぐ帰って、明日の開店時間まで十二時間は眠るつもりよ」

キャムは長いあいだ口をつぐんでいた。議論したいのか唇を一文字に結び、顎も引きつっている。それから髪を乱暴にかきあげたが、驚いたことにいつになく自信がなさそうに見えた。

「店の様子を確かめに来たのもあるが、本当はクリニックでの件をもう一度謝りたかったんだ。ぼくも努力はしているんだ。信じてはもらえないと思うが、この展開になんとか対処しようとしてる」

ピッパはコーヒーと菓子皿をキャムのほうへ押しやった。彼の不安そうな目がどこか傷つきやすそうで、ほんの少し心がやわらいだ。

「感想を聞かせてね」からかうように言ってカップケーキを持ちあげてみせる。

キャムがうさん臭そうな目でアイシングが山盛りのカップケーキを見ているので、ピッパは我慢できずにピンクのアイシングを指でたっぷりすくってから彼の唇に塗りつけた。

驚いて背筋を伸ばしたキャムが、とっさに舌でふわふわしたアイシングをなめた。すぐに彼女の手からカップケーキを受け取り、注意深く包み紙をはいでこわごわかぶりついたあと、宇宙の神秘を解こうとでもするようにじっと菓子を見おろしている。

「なるほど。きみの腕前はたいしたものだ」

「知ってるわ」すまして言う。「いやになるほどおいしいでしょう？」

キャムはもう一口かぶりつき、頬をゆるめた。「ああ。これは許してもらえたという意味かな？」

ピッパは小首をかしげて警戒心を解いた。「今夜お詫びの印にどこへ夕食に連れていってもらえるかによるわね。なにしろもうおなかがぺこぺこだからステーキがいいわ。糖分は自分のお菓子で摂取できるし。わたしも赤ちゃんも赤身のお肉が希望よ」

相手がたじろぐものと思い、ピッパは身構えた。息子に対する避けがたい反応を待ったものの、キャムは無反応だ。それどころかおなかの子が話題にのぼり、ほっとしたように見える。

「賛成だ」きまじめな答えが返った。「きみが帰って休めるよう、予約は早めの時間に入れておくよ。これから会議があるが、閉店時間には戻ってくる。着替えたければきみのアパートメントに寄ってから食事に行こう」

「すてきだわ」ピッパはため息をついた。

キャムは椅子から腰をあげ、ピッパが立ちあがるのに手を貸した。「すばらしい店になったね、ピッパ。あの顔を見れば、どの客も異論はないはずさ。きみは成功をつかんだんだ」

ピッパは机をまわると彼の手を握りしめた。「店の件では感謝してもしきれないわ。もしあなたがこのすばらしい店舗を見つけてくれなかったら、たぶん今でもまだ探しまわっていたでしょうから」

「助けになれたならうれしいよ。きみは今日の日のために懸命に働いてきたんだから」

心の一部では、ピッパは二人のあいだの気まずい空気や、場を取り繕うような堅苦しい口調を悲しんでいた。本当はこの数カ月で心の支えとなった気安い友情を切望していた。

キャムとこれ以上親密な関係を築けないのであれば、せめて友情を取る。こんな落ち着かない状態以外ならなんでもいい。

ピッパはもうなんのわだかまりもないと伝えるためキャムをすばやく抱きしめてから、厨房を抜けて店内に彼を案内した。店の前にはなおも客があふれている。

カウンターの前まで来るとキャムは一瞬ためらってから身をかがめ、彼女の頬にさっとキスした。「あとでまた。無理しないように。いいね？」

キャムが立ち去ると、ピッパはキスされた頬に震える指を当てた。

歩み寄ったり離れたりの関係。二人の立ち位置がわからず、いらだたしくて仕方がない。今たしかなのはただ一つ——キャムが行動に一貫性を持つまで永久に待つつもりはないという点だ。

15

カフェの前を通り過ぎると〈営業中〉の札と明かりが見えたので、キャムはその一角をまわりながらピッパの携帯に電話をかけた。

しばしの呼び出し音のあと相手が息せききって電話に出たため、そのあえぎ声で妙な気分になってしまった。

「あと一分で出るわ」彼女は挨拶も抜きで言った。

「急がないでいい。この一角をまわっているから、きみが出てきたら車をとめるよ」

ハンドルを親指でいらいらとたたきながら混んだ通りで巧みに車を操り、店の明かりが消えるのを待つうちに、キャムは自分がピッパに会いたくてたまらないのに気づいた。

まさに計算外だ。本当はピッパからなるべく離れていたかったのに。彼女の前だとそわそわし、自分のやせ我慢を見透かされているようで気が気でない。

と同時に、少し離れているだけでも心配だった。ピッパが無事かどうかを確認したい。

それに正直、ピッパに会いたくて仕方がないのだ。

ぼくは過去の苦しみを忘れ、前進しなければならない。でもいつになったら忘れられるんだ？　いつになれば、大事な人を失うと考えただけで身のすくむような恐れを味わわなくてすむようになるんだ？

答えは出ない。答えが出るまで、ピッパとの関係はうまくいかないだろう。だが、うまくいってほしいとも思えない。

そうなると説明がつかない。こうしてピッパに会いたくてたまらない理由が。本当は後腐れなく別れるほうがお互いのためだ。後悔も責め合いもなく。

それでもキャムはピッパに会いたかった。彼女がほしかった……ほしくてたまらないのだ。自分なりの条件で。身勝手なのは百も承知だが、ピッパを望む気持ちを抑えられない。ベッドの中でも外でも。ベッドをともにできるかどうかよりも、ただピッパの近くにいたい。情けないことに彼女が部屋に入ってくるだけで、いつも自分が生きているという気がしてくるのだ。

車の速度を落として店に近づき身をかがめて様子を確かめると、待ち人はちょうど店の前で戸締まりの最中で風に舞う黒みがかった髪が見えた。ピッパが振り向くと、キャムは胸を打たれた。なんてみずみずしく、美しい女性だろう。

キャムを見るなりピッパはあでやかな笑みで手を振り、片手をおなかに添え、反対の手にバッグを持って駆けてきた。車をとめて身を乗りだしドアを開けてやると、乗りこんできた彼女が座席に沈みこむや甘い息を吐き、まばゆい笑顔を見せた。

キャムはみぞおちを蹴られた気がした。

「腰がおろせるって最高ね」ピッパが言った。

背後でいらだたしげなクラクションが鳴り響き、ぼんやり車をとめていたのに気づいてキャムは目をしばたたいた。あわてて車を出し、驚くほどの客足だったといきいきと語る連れの話に耳を傾けた。

そのあいだもキャムの血は情熱で熱く燃えたぎっていた。欲望で。ピッパがほしくてたまらない。そのくせ、求めたくないと思っている。

やれやれ、筋道の通った考えもできないとは。

急にレストランでの食事という案が色あせてきた。ピッパは疲れているようだし、自分もいらいらしている。一刻も早く彼女を独占したい。

「計画変更だ」ぶっきらぼうに言って左折し、ピッパのアパートメントに取って返した。

うとうとしかけていたピッパが目を覚まして、キャムに探るような一瞥(いちべつ)を投げた。「急にどうしたの？　今夜のデートをすっぽかすつもり？」

　不服そうな声にキャムは口元をゆるめた。「まさか違うさ。自宅ならきみもソファーで横になってのんびりできるだろう。最高のステーキを注文して食事を終えたらベッドで全身をマッサージしてあげるよ。そのあとは楽しもう。へとへとになるまで」

　ピッパが目をみはってぱちくりさせる。一瞬、言葉を失っていたがようやく答えた。

「すてきね」

　キャムは承諾の言葉に満足げにほほえんだ。〝すてき〟どころかそれ以上だ。

　自宅に入るころには期待で空気が張りつめ、ピッパはキャムと目を合わせることもできなかった。

　先に居間に入るピッパの足取りは今日一日で一番軽かった。疲労は消え去り、エネルギーが充満している気がした。身も心も準備万端で。

　キャムの視線を感じるたび肌が粟立ち、初デートに臨む気分だったが、この感覚が好きか疑問だった。

「座ってくつろいだら？」キャムが勧めた。「そのあいだに料理を注文するよ。何か飲み物は？」

「水をお願い。冷蔵庫にボトルが一本あるわ」

ソファーに腰をおろしたピッパは、オットマンに足をのせて純粋な喜びの声をもらした。ソファーの背に頭をあずけて目を閉じると、キッチンで動きまわる音に続いて夕食を注文する声が聞こえてきた。間もなくして居間に戻ってきたキャムが、飲み物を渡してくれた。

「ありがとう」

「今日のオープンは大成功だったな」

キャムがそう言って肘掛け椅子に座ったので、二人の足が触れあいそうになった。

「初日の成功の大半はあなたのおかげよ。すべてと言ってもいいかもね」

キャムが首を振った。「店舗を提供したのはぼくだが、成功したのはきみの才能と努力の賜物(たまもの)だ」

「ありがとう。何よりうれしい言葉だわ。自分の店を持ちたくてずっと励んできたから」

キャムは後頭部で両手を組んだ。「出産後はどうするか考えているのかい?」

ピッパは小首をかしげて物問いたげな視線を投げた。「なんの話?」

「今のまま働くのか? それともぼくらの息子と過ごすために誰かに店の経営を任せるのか」

ピッパは一瞬、返事に窮した。〝ぼくらの息子〟という言葉に胸を打たれていた。その半面、自分たちは普通のカップルではないのだと思い知らされた。キャムは四六時中一緒に暮らす気はないのだから、今後の計画を知りたがって当然だ。

それでもピッパにはショックだった。自分の心がここまで傷ついたのが。状況が違っていればよかったのにと願っている自分が。

「まだ決めていなくて」鷹揚に答える。「産休中、わたしのレシピを再現できるよう助手を訓練しなければならないし。でも休業は選択肢にないわ」

「当然さ。もし手助けさせてもらえるなら、我が社のホテルにはパティシエが大勢いるから、その間、一人くらいきみの店にまわせるはずだ」

ピッパはあっけに取られてキャムを見つめた。「キャム、あなたの会社のリゾートホテルは五つ星なのよ。そんなところで働く超一流のパティシエにお給料を払う余裕はないわ」

「もちろん給料は我が社が払う」

ピッパはため息をついた。「このままずっとあなたに依存し続けるなんて無理よ。そんなまねをすれば失敗に終わって自分が惨めになるだけですもの。ありがたい話だけど、あなたの支援がなくなったら窮地に陥ってしまうわ」

キャムは眉をひそめた。「支援がなくなるなんて誰も言っていないぞ」

「わたしが言っているの」ピッパはやさしく応じた。「あの店は自力で成功させなければだ。

ならないわ」

反論の言葉はないものの、相手がこの話題をこれで最後にするつもりがないのは明らか

しばらくしてキャムが眉を片方つりあげた。

「それにしても何かといえば金を払うと言って、きみに俗物と思われていないといいんだが」

「いいえ」ピッパは正直に答えた。「俗物とは思わない。あなたは俗物ではなく、超一流の悪党よ」

すかさずにらまれ、ピッパはくすくす笑った。

ドアベルの音で会話が途切れ、キャムが立ちあがって玄関に応対に出た。まもなく彼と一緒に配達の若者が入ってきてコーヒーテーブルに食事を並べてから帰っていった。

ピッパが覆いのついた皿から立ちのぼるよだれがたれそうな香りを吸いこむと、若者を見送ったキャムが戻ってきた。

「ここよりもキッチンで食べようか。コーヒーテーブルでも大丈夫かな?」

「もちろん大丈夫よ」

キャムはテーブルに近づいて皿の覆いを取ると、ピッパのグラスに冷水をつぎ、彼女が食べやすいように皿を前に出してからステーキナイフとフォークを手渡した。「さあ、食

べよう」

ピッパはさっそくやわらかなフィレ肉にかぶりつき、目を閉じて喜びの息をもらした。

「おいしい？」

「言葉にできないくらい。過去最高のステーキよ」

満足げにうなずいたキャムも座って食べ始めた。

しばらく無言で食事を楽しむあいだ、静寂を遮るのは皿に当たるフォークとナイフの音だけだった。

ピッパが半分食べるころにはキャムは早々に平らげて、皿を片付けに行った。戻ってくると、肘掛け椅子から身を乗りだして彼女の皿をつかんだ。

キャムはピッパの仏頂面をものともせず深く座るよう促して、ソファーの端からクッションを取って彼女の膝にのせ、その上に皿を置いた。そんな行動の真意を測りかねているピッパを尻目に、キャムが彼女の足を持ちあげてオットマンに戻した。

左足の甲を両手のひらで押されて、ピッパは快感のあまりため息をもらした。

「マッサージを受けながら食事ができると思う？」

ピッパのぼやきにキャムがにやりとした。「簡単さ。ただフォークを持てばいい。一日中立ちっぱなしだったんだから足も痛むだろう」

ピッパは肉をほおばって勢いよくうなずいた。

「それならリラックスして、ぼくに任せてくれ」

ああ、もう、わかったわ。こうなったら何も言わずここに座って世界一魅力的な男性に足をマッサージしてもらいながら、ほっぺたが落ちそうなほどおいしいステーキを味わう以外にない。

「約束を覚えてる？」キャムがささやいた。

いまいましいことに肉が喉につまりかけ、ピッパは必死にのみこもうとした。とうてい口がきけるとは思えなかったので、黙ってうなずく。

キャムが片手でピッパのかかとをつかみ、反対側の手で足の甲から上になであげると、その手の熱が彼女の肌を焦がした。

「食べ終わったらすぐにきみをベッドへ連れていくよ。今夜どれだけ睡眠をとれるかはきみしだいだ」

ああ、大変……。

ピッパはソファーの上でひっくり返るかどうかも気にせず、皿を脇に置いた。キャムが一瞬、準備が整っているか推し量るように彼女を見つめた。もっともこれ以上準備ができていたら、服をはぎ取って〝早く抱いて〟とせがんでいたに違いない。

16

キャムに手を引かれてソファーから立ったピッパの血管をアドレナリンが電流さながら駆けめぐった。一瞬抱き寄せられ、触れあった体を通して彼のぬくもりに包まれた。それからキャムがやさしく彼女の髪を引き寄せ、身をかがめてキスしてきた。つかの間のかすめるような口づけながら、ピッパは爪先までぞくぞくした。やがて相手が体を引くと静寂の中で荒い息がこだました。

「ベッドへ行こう」

ピッパはごくりとつばをのみこんで寝室へ向かうためキャムの手を放そうとしたが、逆にその手を握りしめられ、手首を親指でこすられた。

結局手をつないだまま先に階段まで行き、ベッドのある小さなロフトにあがった。相手がこれからどうしたいのかわからず段をのぼる脚が震え、ベッドを前にして足をとめた。

キャムはピッパの横を通り過ぎ、そのまま引っぱっていくと手をゆるめ、彼女をベッドの端に座らせてシャツのボタンを外しだした。

肩からシャツが落ちレースのブラジャー一枚になるとキャムがひざまずいたが、ふくらんだ腹部に視線が落ちたとたんじっと動かなくなった。ピッパは熱いひとときもこれまでと覚悟して息を殺して待ったものの、驚いたことに彼はおなかのふくらみに頬をのせ、顔の向きを変えて張りつめた肌にキスした。

ピッパははっと息をのみ、愛情のこもったやさしい手つきでキャムの乱れた髪に指を走らせた。

キャムがゆっくり体を離すと、ピッパを持ちあげてスラックスを脱がせ始めた。

「マッサージをする約束だったね」かすれた声で切りだす。「きみ以上に自分が楽しむと思う」

キャムはピッパを抱えあげるとそばに陣取り、ブラジャーのホックを外して慎重に脚からショーツをおろした。あられもない姿になったピッパは、思わず顔を背けた。

しばらく肩越しに間近で服を脱ぐキャムを盗み見ていたが、目の覚めるほどすばらしい引きしまった体に女心をそそられずにいられなかった。

大股でベッドに戻ったキャムがピッパの後ろに膝をつく。大きな手が腰を滑り、背中や肩へとさまようと、彼女は目を閉じて満ち足りた息をついた。

手に続き、うなじにしっとりと押し当てられた唇が肩の線をたどっていく。唇が離れるや、今度は両手がピッパの背中をやさしくなでまわした。

キャムは彼女の体にあますことなく触れ、両手でまろやかなお尻を包みこむと腿までなでおろした。

ピッパを仰向けにして片脚を持ちあげ、すばらしい手でもみながら足首までおり、足に取りかかる。

ピッパは雲の上を漂っている気分で、足の甲を持ちあげられてキスされたとたん気が変になるかと思った。たかが足にこれほど興奮するなんて！　でも、目の前の男性の愛撫はどれもいまいましいくらいセクシーなのだ。

キャムが反対の脚に移動してもぼんやりとしか気づいておらず、至福のため息をもらして、罪深いほどハンサムな男性が自分の喜びのためだけに奉仕しているという幸福感に酔いしれていた。

愛撫の一つ一つが魂までぬくもりを送りこむ。ピッパは目を開き、太腿をそっと開いて両脚でキャムの体を挟みこんだ。

一瞬キャムが顔をあげ、青い目と目がからみあい、ピッパは焦げつきそうになった。彼は半ば笑みを浮かべて彼女の最も秘めやかな場所まで片手を下げた。

ピッパはうめき声を抑えられず絶え間なく身をよじったが、腰を押さえるキャムの両手に動きを封じられた。彼はその才能あふれる舌で彼女を官能の極みへと駆り立てた。

ピッパは必死と言ってもいいほどの力で彼の髪をつかんで、体をのけぞらせた。キャムが舌をいっそう深く差しこみ、けだるくなでては彼女を慈しむ。そのあと、片手をピッパの腰から離して、濡れそぼったぬくもりの中へ指を滑りこませた。

ピッパは痛いほどの快感にこらえきれず彼の下で体をしならせ、たちまちめくるめく絶頂を迎えた。

体にやさしくキスをされ、またも甘い震えが駆け抜けた。キャムは両手でふくらみを包み、口をピッパの腹部へ移動させて惜しみなくやさしい奉仕を続ける。そのうやうやしい手つきに、ピッパは喉の塊をのみくださなければならなかった。

キャムは考えを変えようとしている。ピッパはそう信じたかった。彼は過去を手放し始めているのかもしれないが、その話題を出すのははばかられる。

「もしきみを傷つけたら言ってくれ」

キャムはピッパの太腿のあいだに体を置いたまま上に移動した。

ためらいがちに奥まで進むあいだもピッパの顔から片時も目を離さない。絶頂の甘い余韻でまだ敏感な部分が、キャムを包みこんで脈打つ。奥まで押し入られると目を閉じ、たくましい肩に指を食いこませた。

「行きすぎかな？」

目を開いたピッパは、キャムが気遣うような目で見つめているのに気づいてささやいた。

「いいえ。まだ大丈夫」

キャムの瞳孔が広がった。顎がひくつき、なんとか自制心を保とうとしているらしく深く息を吸った。

ピッパはキャムを見あげると両手をあげて彼の顔を包みこみ、顎を愛撫した。

「わたしを愛して、キャム。遠慮しないで。あなたはわたしを傷つけたりしないから」

キャムは目を閉じて荒々しいうめき声をもらすや、横を向いてピッパの手のひらにキスした。それから腹部と腹部が重なるほど慎重に体を下げ、ピッパの肩の両脇に前腕を据え、根元までおさめた。

そのまま彼女の唇を奪い、やさしくも、飢えたように激しく求めた。

ゆったりした官能的なリズムで体を揺らし、幾度も幾度もピッパを満たす。忍耐強く、再びゆるやかに彼女を狂おしい快感の極みへと導いた。

今回はそこまで切迫してはおらず、どこまでも甘美な交わりだった。けだるく高みへのぼりつめると、ピッパは歓喜の波に洗われた。キャムの体にすっぽり包まれて、重さがなくなったように感じる。そして……愛されているように感じていた。

キャムに望まれ、必要とされているという空想に身をゆだねるのは愚かだと知りながらも、ピッパはこの完璧なひとときに酔いしれずにいられなかった。

キャムが唇で彼女の顎から首までたどり、耳の下の敏感な箇所を甘がみした。それから腰を押しだしていっそう奥まで貫いた。

ピッパはあえぎ、キャムの肩に爪を食いこませると、体を反らせてさらに求めた。

「そうだ」キャムがささやく。「そんなふうに反応されるとたまらない。きみはいつだってぼくにぴったりついてきてくれる」

ああ、わたしがあなたにずっとついていきたいと願っているのを知ってもらえたらいいのに。ピッパは唇をかんで、思わず口から飛びだしそうになったいまいましい言葉をかみ殺した。キャムは喜ぶまい。

〝あなたを愛しているわ〟なんて。

ピッパは目を閉じて彼の首に腕をまわして引き寄せた。体温がしみこみそうなほど体が重なり、どこからが相手でどこまでが自分かわからなくなった。

キャムが体をわななかせ、かすれた叫び声をあげた。ピッパもやわらかなうめき声をもらし、世界が爆発したとたん彼の名前をささやきながら弓なりになってため息をつき、体を波打たせた。二人の体は静かに同じリズムを刻み、よりあわせたロープさながらしっかりと結びついた。

ピッパは満足しきってベッドの上でとろけていた。動くことすら考えられない。キャムがつかの間、彼女の上に体をあずけた。かろうじて体重を感じる程度だったが、すぐに彼女を抱いたまま横に転がった。

ピッパは引き寄せられ、キャムの首の付け根に頭をあずけた。頬に当たるキャムの心臓はおかしくなったようにとどろいている。ピッパは深々と息を吸って、記憶の中にキャムのエッセンスを刻みこもうとした。

どちらも一言も話さなかった。どんな言葉もこの瞬間を台無しにしかねなかった。

ピッパは目を閉じた。目覚めたときにはキャムがいないとわかっている。きっとまた空っぽのベッドで目覚め、それ以上に空っぽの心に気づくだろう。

思わずキャムの体に片腕と片脚をからめた。無駄と知りながらも、できるかぎり彼を近くにとどめておきたいという衝動にあらがえなくて。それからたくましい腕の中にすり寄って睡眠という名のベールにすっぽりと包まれた。

キャムは冷や汗をかいて目を覚ました。脳裏にはまだ悪夢が鮮明に残っている。一瞬暗闇を見つめたが、まだすべての瞬間を追体験していた。

頭の中でエリースとコルトンを奪った事故がスローモーションで再現され、妻子を救えなかったと知って、全身がしびれるほどの恐ろしい無力感を味わっていた。それでも心臓が喉から飛びだしそうになりながら、車両の残骸目指して駆けていく。今回は違った結末でありますようにと全霊で祈りながら。今回はまだ息のある二人が見つかりますようにと。

けれどもようやくたどり着き、そこに見たのはピッパの血まみれの顔だった。そのうえ生まれたての赤ん坊の苦しそうな声まで聞こえてきた。

恐ろしい空想を必死に振り払いベッドから急いで出ると、ピッパの眠たげな抗議の声が聞こえてきた。

あわてて服を着こんでよろめきながら玄関まで行ったキャムは、宵闇に飛びだしてつばをのみこみ、肺が焼けつくほどの呼吸を落ち着かせようとした。

額をなでながら車に向かい、震える手でロックを解除する。中に入って座席に沈みこみ、しばらくフロントガラスの向こうを凝視してエリースの顔を思い浮かべようとした。

けれども目を閉じるたびまぶたに浮かぶのは、今は亡き愛妻ではなく、ピッパの顔だった。

17

ピッパは翌朝、這うようにしてベッドを出た。本当なら幸福感に酔いしれるべきだ。オープンは大盛況だったうえキャムとすばらしい時間を過ごし、ベッドでそれに輪をかけてすばらしい夜をともにしたのだから。けれども案の定、朝にはキャムの姿はなかった。店に出るため夜明け前に起きたというのに。

すっかり落ちこんでとぼとぼと店に入ったピッパは、まもなく朝の仕込みを手伝う従業員二人が到着しても、話の輪に入らず黙々と働いた。

今は考える時間が必要だった。あるいは弱くて浅はかな自分を叱咤する時間が。キャムのせいで……変になりそう。こんなことはもう続けられないわ。

あの男性はただわたしにほほえみかけ謝罪を申し出て、ベッドへ連れていけばよかっただけ。まさか自分がこれほどだまされやすい女だなんて。

携帯電話が鳴ったのは開店の数分前だった。

「今朝は早起きね。赤ちゃんが眠らせてくれなかったの?」アシュリーの番号だったので開口一番尋ねた。

「ピッパ、デヴォンだ」

きびきびしているものの苦痛のにじんだ声にピッパは即座に不安になった。

「アシュリーはどこ?」

「病院だ。陣痛が始まって、きみへの連絡を頼まれたんだ。アシュリーはパニックになっている。女性の付き添いが必要だと思うんだが、実家の母親に連絡してもつかまらなくて。ぼくが相手だとアシュリーは頭がおかしくなるらしい」

ピッパはほほえんだ。「大丈夫よ、デヴォン。すぐ行くわ。もうちょっとがんばって」

デヴォンの安堵(あんど)が手に取るようにわかった。「恩に着るよ」

電話を切ったピッパは従業員に留守中の指示を与え、問題が起きたらすぐ連絡をと頼んでから表に急いでタクシーをとめた。ジョンに連絡してもよかったが、今は一刻も早く駆けつけたかった。

病院に着くと受付でアシュリーの部屋番号を尋ねてから産科病棟へ向かった。ノックする際も内心は半分、ドアの向こうの光景を見るのが怖かった。

ドアを開けたデヴォンはピッパの顔を見てほっと胸をなでおろしたように見えた。ピッパがためらいつつ彼の脇からのぞきこむと、依然元気な様子でベッドの上に起きあがったアシュリーが顔を輝かせた。

「ピッパ！　来てくれてうれしいわ」

ピッパは笑顔でベッドに近づき親友を抱きしめた。「おはよう。赤ちゃんはいつ生まれそうなの？」

アシュリーが顔をしかめた。「まだ何時間もかかるみたい。四センチしか開いていないらしくて」

ピッパは目をぱちくりさせた。「四センチ？」

アシュリーの眉間にしわが寄った。「子宮口よ」

「まあ」

ピッパは正確な意味など知りたくなかった。聞いただけでも痛そうだ。なにしろ出産関係の本を読んでも、分娩(ぶんべん)の箇所だけは飛ばしているくらいだった。

「何か取ってきてあげましょうか、アッシュ？」

アシュリーが首を振った。「ううん、そばにいて。気の毒にデヴォンはすっかりおろおろしちゃって」

ピッパは声をあげて笑った。

「さあ座って」デヴォンがピッパに椅子を勧めた。「アッシュの言うとおりしばらくかかるだろうし」

ピッパがベッド脇の椅子に腰をおろしても、デヴォンは二人の背後で狭い室内を行ったり来たりしている。ピッパは親友の手を慰めるように握った。

「わくわくしてる?」

アシュリーが深々と息を吸いこんだ。「わくわくしてるわ。でもすごく怖いの」

ピッパも思わず身震いした。

デヴォンがベッドの反対側に移り、かがんで妻のこめかみにキスした。「大丈夫だよ、アッシュ」

アシュリーが深い愛情をたたえた目で夫を見あげる。デヴォンのやさしいまなざしにも同じ愛情が見て取れ、ピッパは顔を背けて喉にこみあげてきたものをのみこまなければならなかった。これこそ彼女の望むものだ。親友夫婦のあいだにある絆(きずな)こそ。

涙ぐみそうになったのでピッパは立ちあがった。「ちょっと失礼して店の様子を確かめてくるわ」

脱兎(だっと)のごとく病室から飛びでたピッパは閉めたドアにぐったりともたれて、ぼやけてきた視界をはっきりさせようとした。やがてドアを押すようにして離れると、平静を取り戻せますようにと願いつつ廊下を待合室へ急いだ。今日はアシュリーのためにも心を強く持っていないと。

その日は一日中、ひっきりなしに見舞客が訪れた。ピッパの到着から数時間後に駆けこんできたアシュリーの母親は、娘が分娩室に入るのに間に合わず悔しがっていた。そのあともぞくぞくと親族が集まり、ピッパは抱きあって再会を喜んだ。

タビサとカーリー、シルビアも来たが、親族が多いので長居をせずに帰っていった。ピッパ自身も邪魔にならないよう待合室の座り心地のいい椅子にかけていたものの、部屋はますます混みあってきた。

こんなふうに愛情深い大家族に囲まれていると、今までにないほど孤独が胸にしみる。

「今日は食事をしたのか?」

背後からキャムの声が聞こえてきたとたん物思いから覚め、ピッパははじかれたように跳びあがった。振り向いてかぶりを振り、相手の渋面を眺めた。

「カフェテリアに行こう」

そう言ってキャムが肘を取ろうとしたので、ピッパは体を離した。「今、離れるわけにはいかないわ。親友の赤ちゃんが生まれる瞬間を見逃せないもの」

キャムは唇を引き結んだが、やがて口を開いた。「何か買ってくる。とにかく腹に入れないと」

ピッパは肩をすくめてみせた。

キャムがもう一度詮索するような視線を投げてからきびすを返して去っていったのでピッパは息を吐きだし、椅子の背にもたれた。わたしが突然無愛想になった理由がわからず、あの人はとまどっているのかもしれない。たぶん今回も、ベッドをともにしたあとさっさと逃げだしたという事実は都合よく忘れているのだろう。しかもわたしの心が千々に乱れ、限界に近づいていることなど知るよしもないのだから。

十五分後に戻ってきたキャムがテイクアウトの容器をピッパに手渡した。

「何がいいかわからなかったから水にしたよ」

「ありがたいわ」礼を言ってペットボトルも受け取る。「あなたは食べないの?」

「来る前に食べてきたんだ」

キャムが隣の椅子に座り長い脚を投げだす脇で、ピッパは容器を開けた。パスタとガーリックトーストはおいしそうだが、胃がむかつき食欲がない。

二口なんとか口に入れ食べたふりをしたものの相手の視線をひしひしと感じ、ごまかせないと悟った。

そのときアシュリーの父親が満面の笑みで待合室に乱入してきた。「女の子だ！　孫娘だぞ！」

部屋が興奮でわき立ち、ピッパも皿を置いてみんなと一緒にウィリアム・コープランドを囲んだ。

数分後に小さなおくるみを抱えて現れたデヴォンは顔が張り裂けそうなほどほほえんでいた。ところがそのあと親友に負けずとも劣らない笑顔で近づいていくキャムを見て、ピッパは口をぽかんと開けた。

キャムはおくるみの端から赤ん坊をのぞきこみ、目を輝かせてデヴォンと言葉を交わしている。さらに悪いことに、友達の手からいともたやすく赤ん坊を受け取ると一緒になってあやしているではないか。

よもやあの検査の日ほど心が傷つくことはないと思っていた。まさかこうして、自分とおなかの子に背を向けた男性が小さな女の子ににやにさがる姿を呆然（ぼうぜん）と眺めるはめになろうとは。

キャムは赤ん坊を返してデヴォンの背をたたき、うれしそうに祝福している。室内は興奮したおしゃべりや祝いの言葉、感嘆のため息でざわめいていたが、棒立ちになったピッパの目にはキャムしか映っていなかった。ほほえんでいるキャム。幸せそうなキャム。どう見ても、他人に愛情を注げるキャム。

それなのに、どうしてあの人はわたしと息子を愛せないのかしら？

18

内心死にそうな気分のときに平然と立って、万事順調だというふりなどできない。興奮のるつぼをこっそり抜けだしたピッパは、途中アシュリーのいとこに会えたので新米ママへのいとまごいをことづけた。エレベーターに乗りこみ振り向いて廊下の端で喜ぶ光景を眺めてから一階のボタンを押すと、涙がこぼれかけた。

ドアが閉まる直前キャムが顔をあげ、二人の視線がからまりあった。眉をひそめて足を踏みだす彼が見えたときにはもう、エレベーターは下降していた。

キャムがあとを追ってくるのは必至なので、ピッパは急いで外に出て通りを渡り、数ブロック歩いてからタクシーをとめることにした。

日中の陽気と対照的に夜気は冷たく、悲嘆が喉を締めつけて離れない。

わたしはキャムを愛している。どれだけ欠点があっても。

親友の娘に見せたようにキャムにほほえんでほしい。わたしや息子にも。彼の輝く顔が見たい……幸せそうな笑顔が。わたしのそばにいるとき、あれほど屈託のない顔をしたことがあったかしら？

別人みたいだった。大切な相手のそばにいると、あの人はあんなふうなの？　そういえばアシュリーが話していた。キャムはいつもやさしいと。

つまり相手が大切でない場合は違うのだ。あるいは愛せない場合は。本人も言っていたじゃない。わたしを愛したくない、息子を愛したくない、と。

タクシーを呼びとめようと手をあげると、口からすすり泣きがもれた。

ピッパは頬を流れる涙をぬぐおうともしなかった。ぬぐったところでなんの意味があるだろう？

すぐにタクシーに乗りこんでどうにか住所を伝えると、運転手がバックミラー越しに怪訝そうな目で見つめていた。

携帯電話が鳴ったが、わざわざバッグを開けるまでもなかった。どうせキャムだ。電話をかけてくるのはわかっている。間もなくして車内が静かになると、今度はメールの着信音が鳴り響いた。

自宅に近づくころまた携帯が鳴った。今度はバッグを探って電話を取りだした。アシュリーの番号だ。

「アッシュ？」

「いや、デヴォンだ」

ピッパはしばしのあいだ、黙りこんだ。「アシュリーと赤ちゃんは大丈夫？」

「どちらかといえば、今はきみが大丈夫かという点に関心がある」低い声が返ってきた。

「だ、大丈夫よ」おぼつかない声で言う。「本当に。挨拶もせずに帰って、アシュリーが気分を害していないといいけど。きっと疲れ果てているだろうし、ご家族の手前、邪魔するのもどうかと思って」

「きみが邪魔になるわけないだろう」デヴォンがやさしく応じた。まるでピッパの動転に感づき、目の前で泣く様子を見守ってくれているように。「きみが大丈夫か確かめたかったんだ。わかってる……わかっているよ。あれを見るのがどれだけつらかったかは。キャムの様子を」

デヴォンは気づいていたのだ。わたしが目にした光景に。目を閉じたピッパの頬を新たな涙が伝った。

「心配してくれてありがとう。本当に。わたしなら大丈夫。でもあなたの言うとおりよ。今夜はもうあそこにはいられなかった。仕方なかったの……立ち去るしか」

「わかるよ。元気を出すんだ、ピッパ。もしあいつを殺したほうがよければ真剣に考えてみよう」

ピッパがほほえむと、タクシーがとまった。「ありがとう。家に着いたからあなたを家族のそばに返してあげるわね。アッシュによろしく伝えて。明日会いに行くからって」

「気をつけて、ピッパ。必要なときは、ぼくらがついているのを忘れないでくれ」

「ええ、ありがとう」

ピッパはそっと答えて料金を払ってからタクシーをおり、歩道を自宅へと急いだ。見れば携帯にメールが何通か届いていたが、送り主はすべてキャムだ。

〈くそっ、ピッパ。電話に出るんだ。何があったんだ？　大丈夫か？〉

最後のメールを見てからハンドバッグに携帯を戻し、階段をのぼって玄関に着くと鍵をつかんだ。

いいえ、大丈夫なんかじゃないわ。これほど大変なのは生まれて初めてよ。

翌日は忍耐力のテストさながらで、ピッパは一睡もできなかったのに早起きしてカフェに出勤した。

絶え間ない客の流れや賞賛の声はうれしく、本来なら有頂天になるところだが、その日は顔をあげているのがやっとというありさまだった。

なんとか耐えられたのはキャムが顔を出さなかったおかげだ。ゆうべ電話もメールもことごとく無視したので、訪ねてくるものと半ば案じていたのだが。

戸締まり後に帰宅したピッパはしばらく昼寝をしようと横になった。が、前夜のキャムのうれしそうな笑顔が脳裏で渦巻き、結局寝つけなかった。

ピッパはくたびれ果てがっかりしていた。決断のときだとわかっていた。ある日突然キャムの目が覚め、人生はまだ終わっていないと悟るのを待ち望んで悠長に待つ余裕はもうない。

ベッドから出て頭のもやを払い、アシュリーの見舞いに行くことにした。面会時間が終わる寸前だがタクシーで病院に向かうと、友達が起きているのを願いつつ病室のドアをそっとノックした。すぐにドアが開き、デヴォンが顔を出した。

「どうぞ」デヴォンは見るからにほっとした様子だったが、ピッパの顔を見るや眼光が鋭くなり、それ以上何も言わず彼女を腕に包んだ。

そのとき初めていかに友人の抱擁を必要としていたかに気づいたピッパは、唇をかんで涙をこらえた。

「ありがとう」広い胸に向かってささやいた。「アッシュはどう?」

「様子を見てやってくれ」デヴォンが体を離した。「今、ケイトリンの授乳中なんだ」

ピッパは急いでベッドに向かうと、はたと立ちどまって友人が娘を抱く美しい光景に見入った。

アシュリーが満面の笑みを浮かべた。「いらっしゃい、ピッパ。こっちに来て娘に会ってやって。とってもかわいい子なのよ」

「母乳で育てるの？」友人の枕元へ近寄り、幼子を見おろしながらささやいた。「難しい？」

アシュリーがほほえんだ。「初めは少しね。でも看護師さんに助けてもらってなんとかなったわ」

デヴォンがベッドのそばに椅子を持ってきて勧めてくれた。

「デヴォンが言うのよ。ゆうべのキャムは大ばか野郎だったって」アシュリーが声を落とす。

ピッパはため息をついた。「あの人の話はやめましょ。今日は友達の愚痴に耳を貸したりせず、愛娘（まなむすめ）との時間を楽しまないと」

アシュリーはそっと赤ん坊の口を胸から離してガウンで前を隠すと、夫のほうを見た。「この子がげっぷをするかどうか確かめてみない？」

デヴォンはピッパの頭上に手を伸ばして娘を抱き取ると、窓辺のリクライニングチェアに腰かけた。

「さあ」アシュリーが腕組みをする。「全部吐きだしちゃいなさい。あなた、ひどい顔よ」

喉のつかえが大きくなり、再びピッパの目が涙でかすんだ。「たしかに惨めだけど自業自得ね。事情を承知で飛びこんだんだから。今は失望はもちろん、悲しくて仕方がないの。あの人とちゃんと話しあうつもりよ。ばかげていてもやらなくちゃ」

アシュリーが手を握ってくれた。「なんて言うつもり?」

ピッパは我ながら耳障りな笑い声をたてた。「愛していると伝えるつもりよ」

アシュリーは息を吐きだした。「あなたはわたしよりずっと勇敢ね。いつもそうだったわ。それで愛を告白したあとはどうするの?」

ため息をつく。「あとのことは考えてないの。あの人はきっといつもと変わらず、わたしは立ち去るしかないでしょうね。でも今回は永久にお別れよ。ただ相手に最後のチャンスをあげるべきだと感じているだけ。それとも自分が最後のチャンスを望んでいるだけかしら。どちらにしてもこれでおしまいにしないと。このままつかず離れずの関係を続けるわけにはいかないわ。ゆうべ目が覚めたの。キャムがほかの人のそばだと幸せそうなのに気づいて。わたしのそばでは違うのにね。傷ついたわ」

「ああ、ピッパ」親友の顔に同情がにじんでいた。「心から願っているわね……」

「わたしもよ。でも願いがかなうのはおとぎ話の中だけ。現実は違うわ。キャムは白馬に乗った王子様じゃないし、わたしだって王女様じゃない。〝めでたしめでたし〟なんて結末は期待してないの」

アシュリーの目に涙が浮かんだが、ピッパは親友を動揺させたくなかった。幸せの絶頂にいるときは特に。そこで立ちあがって友達を抱きしめ、笑みを貼りつけて無理にほがらかな声で話題を変えた。

「さてと、デヴォンに少しだけ赤ちゃんを抱っこさせてもらったら失礼するから、ゆっくり休んでね」

向き直るとデヴォンが肩からゆっくり娘を抱きあげて、ピッパの腕に置いてくれた。どこもかしこもやわらかな赤ん坊を抱き寄せてしげしげと見つめたピッパは髪に触れ、絹に似た感触を楽しんだ。誰がつけたのか女の子らしいピンクの小さなリボンをつけ、アシュリーにそっくりだ。

小さい指先をなでると自分の指をぎゅっと握り返され、その様子にうっとりと見とれた。ピッパはまたたく間に目の前の赤ん坊のとりこになっていた。腹部エコーのモニターで初めて息子を見たときも同じだった。一目で感じた無条件の愛情。けっして断ち切れない絆(きずな)。

ただ、キャムにとっては違ったのだ。

ピッパはつかの間目を閉じ、頭を下げてケイトリンの額にキスすると、ほんのり甘い香りを吸いこんでから母親の腕に赤ん坊を戻しに行った。

「この子は完璧ね、アッシュ。上出来だわ」

アシュリーはにっこり笑って娘を抱き取ってから顔をあげ、ピッパに視線を戻した。

「きっと大丈夫よ、ピッパ」

ピッパはうなずくしかなかった。最後にデヴォンに向き直って手を振った。「また会いに来るわね」

「必要ならいつでも電話をくれ」

ピッパはデヴォンにうなずき返してから部屋を出て、後ろ手にそっとドアを閉めた。腕時計を確かめて廊下の壁に寄りかかり、しばらくたたずんでいた。

今夜は眠れそうにない。キャムとの問題が解決するまでは。このまま魂までむしばまれる前にどうにかしなければ。

すでに夜も遅く道中は長い。おまけにベッドからキャムを引っぱりだすはめになるだろう。それでもかまわない。なんとか今夜、片をつけよう。

19

はるばるグリニッジまで行くのにタクシーの運転手を説得するのは至難の業だったうえ、夜間にもかかわらず道路は混み、永遠に思えるほどの時間をかけようやくキャムの屋敷に到着したのは真夜中過ぎだった。へたをしたら主は留守かもしれない。それでもピッパは彼が家にいる気がしてならなかった。

運転手がインターコム越しに会話を交わし、まもなく門が開いた。玄関前に駐車するとピッパは支払いを終え、待たずに帰るよう言い置いて車をおりた。

玄関が開き、心配顔のジョンが迎えてくれた。

「キャムはいる?」ピッパは静かに尋ねた。

「はい、一時間前にお戻りに」

「今すぐ会いたいの。書斎で待たせてもらうわ」

ピッパはジョンに反論の暇を与えず身を翻し、居間を横切って書斎へ向かったが、わざと明かりをつけなかった。暗いほうが気分が落ち着いたからだ。

窓辺でたたずみ、満天の星を祈りをこめて眺めた。

背後でドアが開く音がしたので一瞬目を閉じてから振り返ると、暗闇の中にキャムが立っていた。

「ピッパ？」その声には気遣いと困惑がにじんでいた。キャムが一歩進んで手を伸ばし、肘掛け椅子のそばの卓上ランプをつけた。

突然の光にたじろいだピッパは、打ちのめされた表情を相手に見られたくなくて顔を背けた。

「どこか悪いのか、ピッパ？　こんな夜更けになぜはるばるここまで？」

ピッパはつばをのみこみ、肩を怒らせてから深呼吸して面と向かいあった。もはやキャムに何を見られてもかまわなかった。

「わたしたちはもう終わりなの？」

キャムが驚きに目をまたたき、開いた口をまた閉じ眉をひそめた。「どう答えていいかわからない」

ピッパは一歩前に進んだ。「それならこう言えば簡単かしら、キャム。あなたを愛しているの」

キャムが蒼白(そうはく)な顔で尻込みした。その反応が多くを物語っていたが、なおも食い下がった。

「自分の立ち位置を知る必要があるの」ピッパは淡々と告げた。「あなたはわたしを求め、恋人同士のようにふるまったかと思うと、次の瞬間にはさっさと逃げだして赤の他人みたいに冷たくなる」

キャムの唇が真一文字になった。「最初からきみには正直に話したはずだ」

ピッパはうなずいた。「ええ、たしかにそうね。その点は疑問の余地もないわ。でもあなたの態度はどっちつかずで、言動が矛盾しているの。だからチャンスがあるのか知る必要があるのよ」

キャムが背を向けかけたので思わずかっとなった。

「わたしに背を向けないで。せめてちゃんと顔を見て教えて。なぜ永遠の関係を結べないのか、なぜわたしを愛せないのかを。愛する人を失ったあなたの気持ちは痛いほどわかるわ。でもそろそろ前に進んでもいいころよ。あなたを必要とする子供がいるのだから。息子が。わたしもあなたが必要なの」声に心のうずきがありありとにじんでいた。

勢いよく振り返ったキャムの目が怒りでぎらついた。「前に進む？　わかるだと？　どうしたらそう言えるんだ？　陳腐な心理学もどきの空論を振りかざせば、ぼくが〝ああ、きみの言うとおりだ〟と言ってハッピーエンドになると思うのか」

「わたしはただ思っているだけよ。ほかの人を愛せないと思いこんでいるのはばかげているって」

キャムは目を閉じ、歯を食いしばっている。再び目を開けるとピッパを真っ向から見据えて淡々と続けた。「別に愛せないわけじゃない。何もソウルメイトは一人きりで、最初の相手を失ったら残りの人生が台無しになると信じてはいないさ」

ピッパは予想外の展開に呆然とした。「それならなぜ？」小声できく。「わたしや息子を愛せないのはどうして？」

キャムがたたきつけるように机に両手を置き、ピッパをにらみつけた。その暗く、取りつかれたような目に思わずひるみそうになった。

「きみを愛せないわけじゃない。ただそうしたくないんだ。わかったか？　きみを愛したくないんだ」

ピッパはたじろぎ、愕然として二の句も告げなかった。苦痛が魂の隅々まで広がり、両腕でおなかを抱えて後ろに下がった。

怒りといらだちで言葉が口をついて出たようだった。キャムは自分の考えを弁明するはめになったのが悔しく、口走った言葉を認めたくないらしい。

「愛したりしなければ、きみの身に何かあっても傷つかないですむ。きみを愛さなければ、どんなものにも影響を受けずにすむ。目の前で妻と子を亡くしたときの気持ちを二度と味わいたくないんだ。きみに理解するのは無理だ。むしろ一生、理解する必要がないことを祈るよ」

キャムの拒絶という耐えがたい苦しみから身を守ろうと、ピッパは自分をしっかりと抱きしめた。

「わたしと我が子を締めだすのね？　恐怖が強すぎて危険を冒せないから」かすれた声で尋ねる。「あなたは感情がない怪物なの？」

キャムはピッパに指を突き立てた。「わかっているじゃないか。感情がない、まさにそうなりたいのさ。いまいましい感情なんて感じたくないんだ」

血管で渦巻く怒りがまたたく間に氷と化した。「見下げ果てた人。あなたは冷淡で人を思いどおりに操ろうとするろくでなしだわ。この数カ月間いったいどういうつもりだったの？　わたしと関係を育むつもりもないくせに、なぜ体を重ね続けたの？」

うなだれたキャムの顔が罪悪感で曇った。

「あなたを不憫に思えとでも？　過去の悲惨な境遇に同情し、傷ついた心を慰めろとでもいうの？　伝えておきたいことがあるの、キャム。人生はいいことばかりじゃないわ。誰だって完璧な人生は望めないし、あなたが特別なわけでもない。つらい目に遭ってもみんながみんな、まわりの人に酷なまねをする無情な愚か者になるわけじゃない。転んでもまた立ちあがり、ほこりを払って生きていくのよ」

「もう充分だ」キャムが硬い声で遮った。

「あら！　だめよ。ようやく乗ってきたところなんだから。いつか後悔するでしょうね。わたしと息子に背を向けたことを。結婚したい相手にめぐりあったらどう話すのかしら。息子がいるけど、臆病だったせいで父親とは名乗っていないとでも？」

「どういうわけか未来の妻が気にするとは思えないんだ。ぼくの愛人と非嫡出子が身近にいても」キャムがきつい声で言い渡した。

ピッパの顔から血の気が引き、頬を平手打ちにでもされたかのようにもう一歩後ろに下がった。さすがに言いすぎたと悟ったのか、キャムの顔も土気色になり、彼女に歩み寄ろうとした。

ピッパは手をあげて彼を制した。かろうじて平静を保っているありさまで、倒れずに立っていられるのはプライドのおかげだった。こんなのは無意味だ。とげのある言葉で傷つけあうなんてかみつきあう犬と一緒だ。なんの解決にもならない。絶対に。

「わたしたちはもう終わりよ」冷ややかな声で断言した。「あなたからは何も望まないわ、キャム。助けもお金も、あなたの存在さえも。今後は、わたしはもちろん我が子のそばにもいてほしくない。この子はわたしの子よ。あなたの子ではないわ。あなたはわたしたち親子を望んでいない。それなら正直、こっちもあなたを必要とはしないわ」

「ピッパ……」

ピッパはかぶりを振った。「もう聞きたくないの。でもこれだけは心にとめておいて。ある日目が覚めて自分の過ちの重さに気づき、ぞっとするはずよ。だけどそのときはもうわたしはそばにはいない」両手で腹部を包む。「わたしたち親子はいないわ。わたしにはすべてを与えてくれる人こそふさわしいはず。お金や便宜だけでなくね。それ以上に、この子には無条件で愛してくれる父親こそがふさわしいわ。自分以外に誰も愛せない父親ではなくて」

ピッパはきびすを返して部屋を出ようとしたもののドア口で立ちどまり、キャムの寒々とした目を無視して最後に面と向きあった。

「あなたを愛していたわ、キャム。わたしはあなたに何も求めなかった。それは本当よ。たしかにあなたは初めから正直だった。だからルールを曲げた自分が恥ずかしいの。この大失敗の責任はわたしにもあるわ。でもミスをしたからってこれから先一生、自分を罰するつもりはないし、母親の愚かさのせいで我が子を苦しませたりはしない。あなたに〝どうぞお幸せに〟と言ってあげたいけど、どうしてか幸せには縁がない気がして。だって、あなたは自己憐憫(れんびん)に浸って満足しきっているから」

ピッパはドアを開けて出るとたたきつけるように閉めた。だが、玄関の外で初めて気づいた。タクシーの運転手を帰していたので、今やこのしゃくに障る奇怪な家の前で立ち往生しているのを。

「ミス・レイングレー、ご自宅まで車で送らせていただけませんか？」

振り返ると運転手のジョンが立っていた。やさしい目を見た瞬間、堰(せき)を切ったように涙があふれだし、ピッパはおとなしく車まで案内してもらった。

20

キャムは机の後ろの椅子に沈みこみ、両手に顔を埋めた。

即刻ピッパのあとを追ったが、ジョンが車に乗せたのが見えたので遠ざかるテールランプを見送った。

どれくらいそこにいたのか、感覚が麻痺していた。気づけば、ドアが開けっぱなしで風が強くなっていた。寒気がしていたものの、気温のせいではないとわかっていた。体の芯から冷たい。自分は生きる屍だ。息はしていても死んでいる。ずっと前から。

こうして机に着いていてもはらわたがよじれ、胸が張り裂けそうだ。こんな気持ちを味わうはずではなかった。安心するべきだ。終わったのだから。ピッパももう誤解する可能性はない。

きれいさっぱり別れた。初めからすべきだったことをやり遂げたにすぎない。

それならなぜ自分が正しいと思えないんだ？　なぜ安堵の思いすらわかない？　喜ぶべ

きだ。これで晴れて感情のない男に戻れて、苦痛など感じる必要もなくなるのだから。

けれども安堵や喜びどころか、キャムはただ傷ついていた。いまいましいくらい深く傷つき、喉をふさぐ塊のせいで呼吸もままならなかった。

ぼくはピッパを失った。

ずっと喪失による苦痛から自分を守ろうとしていた。ところが現実には最愛の人を守れない絶望や腹立ちしか感じない。いざとなってみたら。

ぼくはピッパを失った。息子を失った。

我が子を。

あどけない貴重な命を。

ああ、ちくしょう、ぼくはろくでなしだ。感情のない怪物。まさにピッパが非難したとおりだ。だが本当に感情がないわけではない。今のこの苦悩を味わわずにすむならなんだって差しだすのに。

今夜ピッパをどれほど落胆させたか考えただけで死にたくなった。目の前に立つピッパの苦しみの宿る瞳。それでもなお彼女はいちかばちかのチャンスに賭け、わざわざ出向き思いを打ち明けてくれた。

なのに怖じ気(おけ)づいたぼくはその思いをはねつけた。

自分がいかに臆病者か悟るのは屈辱的だ。それももう長年にわたって。

ぼくは多くの人が手に入れられないものを授かった。ほかの人間が喉から手が出るほど望み、残る一生、日々感謝を捧げるものを。

二度目のチャンスを。

特別なすばらしいものをつかむチャンスを。

ピッパは生に見切りをつけた人生に新風を吹きこんでくれた。ぼくは形だけふりをしていたのだ。芝居をしていたのだ。本当はずっと前に生きるのをやめていたのに。

ピッパがすべてを変えてくれた。部屋に入ってくる彼女を初めて見た瞬間、稲妻に打たれたように感じたのを今でも覚えている。

ピッパのほほえみ、笑い声、妥協しない姿勢。自信と美しい心、それに勇気。

この数カ月ピッパが一人で背負わねばならなかったものを考えると胸が悪くなる。彼女はまだ若く、人生に夢を持っていた。どんな相手だって望めたのに、ぼくを選んでくれたピッパ。予想外の妊娠という逆境にも最善を尽くしたピッパ。

ピッパは果敢に闘った。そして今もなおぼくの息子のために闘っている。ぼくはそんな彼女が心の底から誇らしい。そして心の底から自分が恥ずかしい。考えるのも耐えられないほど。

ぼくはピッパにはふさわしくない。その点では彼女は正しい。

それでもぼくはピッパを求めている。ああ、ちくしょう、ピッパがほしいんだ。

お笑い草だ。自分の心を閉ざしてピッパとの関係に終止符を打てば、喪失の苦痛を味わわないですむと考えるとは。

ピッパを失うのをあれほど心配していたくせに、最も恐れていたことが起こってしまったじゃないか。それも引き金を引いたのは自分だ！

ふいにいても立ってもいられなくなり、キャムは人生最大の決意を固め、椅子を引いて立ちあがった。

ぼくはピッパを愛している。ああ、なんてことだ。

ぼくは自分にもピッパにも嘘（うそ）をついた。彼女を愛したくないなどとたわごとをまくし立てた。そうだ、自分の希望に反しているが、それでも彼女を愛しているし、この愛に変わりはない。

それなら土下座して、ピッパにもう一度チャンスをくれと頼まなければ。

書斎を出てキッチンを抜けガレージへ急いだキャムは、フックからキーをつかみ愛車に乗りこんだ。

ニューヨークまでピッパを追いかけるんだ。午前四時だろうがかまわない。もう待てない。一刻も。

今までずっとピッパを待たせたのだから。

ピッパはうちまで来て正面切って愛を告白し、自分の気持ちを素直に吐露して返事を待ってくれた。きっと計り知れないほどの勇気を必要としたはずだ。

それならピッパのために同じことをしなければ。

本当なら一番難しいことのはずだが、ぼくにとっては今までで一番簡単だ。ピッパと息子のいない生活を送るのに比べれば、土下座など造作ない。

ピッパは疲れ果ててとぼとぼと自宅に入った。涙をこらえていたので頭痛がし、目が腫れてちくちくする。悲嘆に暮れ、頭の先から爪先まで麻痺していた。

今感じるのは……喪失感だけ。キャムとの対決が終わって、これからどうしたらいいの？

ソファーに沈みこみ、コーヒーテーブルの上にバッグを投げて目を閉じた。頭がずきずきして睡眠が必要だ。少なくともしばらくは眠りの世界に逃げこめて、さほどひどい気分を味わわずにすむ。

ソファーの腕にクッションを置いて横向きに丸くなるとどっと疲れに襲われた。店のオープンとアシュリーの出産、それにキャムとの関係への不安。思えば、もうずいぶんゆっくり休んでいない。

電話線を抜いたピッパは時間を見てたじろいだ。三時間もしたら起きなければ。携帯電話のアラームをセットして卓上のバッグの隣に置いた。

それから目を閉じて睡眠という慰めの毛布に身をゆだねた。


死んだようにぐっすり寝入っていたピッパは目を覚ましたとたん、暗闇ときな臭いにおいにあわててふためいた。目をしばたたいて頭の霞（かすみ）を振り払うと、恐怖に駆られてソファーから跳ね起きた。

灼熱（しゃくねつ）の炎が肌を焦がす。あたり一面、火の海だ。もうもうと立ちこめる煙に自分がどこにいるのかも、外がどちらの方角かもわからなかった。

息を吸いこむと、肺が焼けつきそうになり咳（せ）きこんだ。遅ればせながら自分が恐ろしい危険のまっただ中にいるのを悟り、パニックに襲われた。

ピッパは腹部を両手でかばうようにしてあわててソファーから立ちあがるや、ドアまでの距離を目算するため炎と煙越しに目を凝らした。

そのときふと火事場では床に伏せた状態が一番安全だと思い出し、せりだした腹部でできるかぎり低く伏せ、シャツを引きあげて鼻と口を覆った。

そのまま目を閉じてパニックを無理やりねじ伏せ、室内の様子を頭に描こうとした。自宅の間取りはくまなく把握しているから、ヒステリーを起こしてばかなまねをしでかさないかぎり大丈夫だ。

赤ちゃんを守らなければ。

ピッパはシャツで顔を覆ったまま玄関目指して這い始めた。頭上で炎が天井をなめ、部屋の隅々で煙が渦巻いている。呼吸がますます困難になり、おなかの子への影響が心配で胸が悪くなった。

それでも我が子のことを考えたとたん、必ず外に出ると決意を新たにした。焼け焦げた瓦礫を越えて、玄関までたどり着いた。あともう少しだ。黒煙で近くのドアも見えない。手のひらと膝にできた擦り傷ややけどは無視してひたすら速度をあげる。

二メートル足らず先で割れたドアが崩れ落ち、煙が裂け目に吸いこまれていった。大声が聞こえたかと思うと、たくましい手が体を引きあげてくれた。

そのまま消防士の腕に抱かれて玄関から涼しい夜気の中に出た。まばゆい閃光灯があたり一面を照らし、黒煙と炎が星空を覆っている。

「家にはほかに誰か？」消防士が声を張りあげた。

「いいえ」かぶりを振ったピッパは、かろうじて聞こえる程度のしわがれ声に狼狽した。

待機中の救急車のほうに運ばれると、別の男性がすみやかにストレッチャーに寝かせてくれた。

「赤ちゃんが」耳障りな声で説明しようとした。「妊娠しているんです」かぶせられた酸素マスクのせいで、続く言葉はかき消された。横になった状態で救急車の後部に押しこまれ、そのあとは心配そうにまわりをうろつく二人の救急隊員から質問攻めにされた。

「どこも調子は悪くありません」ピッパは麻痺したように横たわったままそう言おうとしたが、口がうまくまわらなかった。

それから二度まばたきすると視界が闇に包まれた。

21

ピッパのアパートメントがある通りに車を入れるや胃が沈みこみ、口がからからになった。キャムは関節が白くなるほどハンドルをつかみ、加速した。

あたり一帯、閃光灯が煌々と輝いている。パトカー、救急車、消防車が連なって煙のにおいが充満し、紅蓮の炎で空は紅に染まっていた。

警察のバリケードの前で急ブレーキをかけて駐車し、弾丸のごとく車をおり建物に駆け寄った。どの階も燃え盛り、消防士が四方八方から放水している。

「おい！　立ち入り禁止だぞ！」

キャムは怒鳴り声を無視した。ただピッパのところへ駆けつけたい、その一心だった。ああ、今度はだめだ。これだけはやめてくれ。ピッパを失うなんてできない！　キャムの喉からすすり泣きがもれた。

消防車と救急車の最前列に到着するとタックルで地面に思いきりたたきつけられ、ふらふらと起きあがろうとした。警官が体の上で何か叫んでいるが理解はおろか、聞こえてもいなかった。

別の警官が助太刀してキャムを押さえこんだ。

「放してくれ！」しわがれた声で叫ぶ。「ピッパ！　彼女は妊娠しているんだ！　助けに行かないと」

「行かせられるか」警官がうなるように言ってキャムの首にいっそう圧力をかけた。「しっかりしろよ。火の海じゃないか。みすみす命を落としに行くようなものだぞ。救助の邪魔になるだけだ」

「わかったから立たせてくれないか。彼女の無事を確かめないと。救助されたのかどうかを」

最初の警官がゆっくりとキャムの喉にまわしていた腕をゆるめた。相方と一緒に彼の手を引いて立たせてから、用心深い目で盗み見て釘(くぎ)を刺す。

「突然動いたりするんじゃないぞ」

両手をあげて周囲の惨状を眺めたキャムは恐怖で動悸(どうき)がしてきた。最悪の悪夢が現実になったようだ。

またもや運命に鉄槌(てっつい)をくだされたのだ。まだ一つ目のショックから回復もしていないのに。だが違う。これは運命なんかじゃない。自分で防げたかもしれないのだから。ピッパが差しだした手をつかんでいたら。彼女がくれたチャンスを受け取っていたら。

キャムは一人、途方に暮れていた。ピッパと我が子の身に何かあれば、自分の人生もこれまでだ。

「名前はピッパ。ピッパ・レイングレー。あそこの住人だ」建物を指さす手が震え、声も恐怖でうわずった。「彼女が救助されたか教えてもらえないか」

強面(こわもて)の警官がキャムに指を突きつけた。「ここにいるんだぞ。確かめてくるから」

警官は相棒にキャムを見張るよう頼んでから人波をかきわけていった。キャムはただ立ちつくすばかりで、呼吸のたびに心が死に絶えていく気がしていた。そばにいる警官の目にも同情が浮かんでいる。

数分後、最初の警官が厳しい顔で戻ってきたので急いで飛びだし、胸が触れそうなほどつめ寄った。

「どうやら三十分前に救急車で搬送されたらしい。詳細は不明だが意識はあり外傷もなかったそうだ」

キャムは膝からくずおれそうになった。安堵(あんど)の波がどっと押し寄せてきて、息を大きく吐きだした。

「落ち着いて。そこに座ったほうがいい」

キャムは首を振った。「いや、行かないと。搬送先は？」

警官が病院名を叫んだときにはすでにもう背を向けて駆けだしていた。車に乗りこむや、混沌とした火災現場から矢も盾もたまらず離れた。

一刻も早くピッパのそばに行きたい。頭にはその思いしかなかったが、それでも無謀な運転は禁物だ。ピッパに会って無事を確認しなければ。再び彼女をこの腕に抱いて胸の内を伝えないと。頑固で愚かだったせいで今まで伝えられなかったことを残さず。

今はピッパが耳を貸してくれるのを願うばかりだ。


看護師が右往左往しているかたわら、ピッパはパーティションで区切った緊急治療室のベッドに横になっていた。医師からおなかの子は無事だと聞かされ、恐ろしいパニックも多少は落ち着いている。

それでもいまだに、起こりえたかもしれない悲劇を想像せずにはいられなかった。

万が一あのとき、目を覚まさなかったらどうなっていただろう？　すぐに外に出ていなかったら？

最悪のイメージが当分頭を離れそうにない。

なだめるようにおなかを丸くさすったピッパは、赤ん坊の胎動に安心を覚えた。全身から煙のにおいがぷんぷんしてひどいありさまだがかまわない。我が子が無事でさえあれば。

そのときドアが開いて、驚いたことにデヴォンが顔をのぞかせた。しかも夫の後ろから入ってきたアシュリーが枕元に駆け寄ってきたので仰天した。

「ピッパ！　ああ、大変」親友が声をつまらせた。

横になったままアシュリーに抱きしめられ、ピッパはあっけに取られて言葉を失った。

「どうしたの？」ようやくなんとか早口で尋ねた。「アシュリー、ここで何をしてるの？出産したばかりなのよ！　まだ寝ていないと」

デヴォンがベッドの反対側にまわってきて、身をかがめてピッパの額にキスした。「心配したよ、ピッパ。知らせを聞いたアシュリーがすぐに行くと言い張るから、いつものごとくノーと言えなくてね」

ピッパは眉をひそめた。「言うべきだったわ。ケイトリンはどこ？　アッシュ、あなた、大丈夫？」

アシュリーはピッパをぎゅっと抱きしめてから手を離し、目を輝かせた。「ぴんぴんしてるわよ！　大丈夫かききたいのはこっちだわ。あの子は病院の新生児室よ。それより何があったのか教えて！」

ベッドの端に座った友人に手をしっかり握られ、ピッパの我慢も限界に達した。堰を切ったように涙があふれ、しゃくりあげながらすすり泣いた。

デヴォンがやさしく髪をなでてくれた。一方アシュリーはピッパの両手を包み、心配そうに眉間にしわを寄せて身を乗りだした。

「ああ、アシュリー」ピッパはささやいた。「本当にひどい夜だったわ」

「ちょっと待って。キャムには会いに行ったの？」ぴんときたらしくアシュリーの目が丸くなった。「ああ、だめよ。何があったの？」

「終わったの」精神的重圧と煙で喉がひりひりして、声もかすれていた。「あの人の家を訪ねて愛を告白したら、すべて終わったの」

アシュリーはピッパを抱きしめて背中をさすった。

「ぼくは外そう」デヴォンがつぶやいた。「女同士で話すといい。必要なときはドアの外にいるから」

そう言い置いて、最後に愛情をこめてピッパの腕に触れてから部屋をあとにした。

アシュリーは体を離して友人の顔から乱れた髪をそっと払いのけた。「全部教えて。まずはお医者様の診断から。心臓が縮みあがったわ。大丈夫なの？　それから、キャムとの件を残らず聞かせて」

「先生の話だと母子ともに異常ないって。ソファーの上で眠っていて目を覚ましたら、家中が火に包まれていたの。でも煙を大量に吸いこむ前に外に出られて幸いだったわ。這って逃げたからかすり傷があるけど、すぐよくなるはずよ。明日の午後までには帰宅できるらし……」

自分にはもう家がないのだと気づいて、声がしだいに小さくなった。

新たな涙がこみあげてきてピッパの頬を流れた。

「大丈夫よ」アシュリーがなだめた。「約束する。心配無用よ。母も昼までには来るわ。あなたは娘同然だから家に連れて帰って面倒を見るって」

ピッパはおぼつかない笑みをこぼした。「今のわたしにあなたのお母様がどれだけ必要かわからないでしょうね」言葉を切ってため息をつく。「わたしは幸せにならないといけない。そう決心したの。キャムにもはっきり言ったわ。そのとおりにね。なのに、今はとても惨め。あのおばかさんを愛していて、その思いをとめられなくてどうにかなりそう」

「話してみて」アシュリーが静かに促した。

ピッパはうつむいて両手を見おろした。屈辱とすさんだ思いに再度打ちのめされた。

「あの人はわたしも赤ちゃんも愛したくないって言ったの。だからといって愛せないわけでもないし、別のソウルメイトが見つからないと信じているわけでもないんですって。ただわたしたちを愛したくないと。本当に……冷たい声だった」

アシュリーは顔をしかめた。「キャムには愛想が尽きたわ。デヴォンの親友だってかまうものですか。絶対、おつむが足りないのよ」

ピッパは笑おうとしたものの咳きこんでしまった。

「気を楽にして」アシュリーがささやいた。「一休みしてね。今夜はいろんな体験をしたんだから」

「ああ、もう！　何もかも現実じゃないみたい」

アシュリーが再び手を握ってくれた。「この件であまり心労を感じてほしくないの。ばからしく聞こえるのは百も承知よ。今は足元をすくわれて世界が崩壊したような気分でしょうから。でも大丈夫。あなたにはわたしがいる。母にシルビア、カーリーやタビサも。デヴォンもできるかぎりのことをしてくれるわ。だから心痛のあまり体調を崩さないでね。今は自分と赤ちゃんの健康を第一に考えないと」

ピッパは涙ぐんで親友にほほえんだ。「ありがとう。あなたがいなかったら途方に暮れていたわ」

「さあ、少し休んで。いい？　そろそろ授乳の時間だから戻るけど、デヴォンに入院の手続きを頼んでおくわね。そのうち母があなたの着替えを持ってきてくれるわ。退院の時間が決まったらすぐ知らせて。わたしも今日退院だから一緒に帰れるかも」

ピッパは親友の手を握った。「本当にありがとう、アッシュ。あなたは最高の友達だわ。わたしの代わりにケイトリンにキスしておいてね」

アシュリーは枕をふくらませてピッパの体にシーツを巻きつけてからベッドを離れ、出口に向かった。

友人の姿が見えなくなるや、ピッパは目を閉じてベッドに沈みこんだ。肉体的にも精神的にもへとへとでもう限界だった。今やもう心には何も残っていない。恐ろしいほどのむなしさと、かきむしられるような胸の痛み以外には。

22

キャムは緊急治療室の入り口を抜け大股で受付に向かった。ずうずうしくもピッパの夫だと嘘をつき面会を求めると、看護師が七号室と教えてくれた。

目当ての病室へ急ぐと廊下に立つデヴォンに気づいた。声をかけようとした矢先にドアが開いてアシュリーが出てくると、夫妻そろって顔をあげた。

キャムもさすがにアシュリーに歓迎されるとは思っていなかったが、腹立たしげな親友の厳しい顔には驚きを隠せなかった。

「ピッパの具合はどうだ？」

尋ねながら二人を押しのけて病室に入ろうとしたが、デヴォンに行く手を阻まれた。しかも腕にアシュリーの手を感じたので、すぐさま足をとめた。

「キャム、お願い」アシュリーがそっと頼んだ。「ピッパを放っておいてあげて」

キャムは後ずさり、髪をかきあげた。

「放っておくだと？　どうしてもピッパに会う必要があるんだ。彼女の無事をこの目で確かめたい。きみには想像もつかないだろう。アパートメントに駆けつけたあげく、あの地獄のような炎にとらわれていたら、とピッパの身を案じるのがどんなものか」

思い出しただけでまた気分が悪くなった。あのイメージはしばらく頭にこびりついて離れそうにない。

「ピッパは疲れ果てて休息が必要よ。今とても……もろい状態なの」

ためらいがちなその言葉にかえって一刻も早く病室に入らなければと気がせいた。

アシュリーに腕を再びつかまれて初めて、キャムは自分が足を進めていたのに気づいた。

「ピッパを休ませてあげて。今夜はもう充分よ。部屋に押しかけてあの子の気を動転させたりしないで。ピッパは地獄を見たの。わたしたちに連絡したのがあなただとも知らないわ。病院への搬送をどうやって知ったのか、尋ねもしなかったくらいですもの」

キャムは寂寞（せきばく）とした思いに襲われて目を閉じた。「ピッパはぼくを憎んでいる」

「いいえ、ピッパはあなたを愛しているわ」アシュリーがやさしく告げた。「それが問題なの。だからこそ病室に入って、疲れ果てて混乱状態の彼女につけこむようなまねをしてはだめよ。ピッパはひどい顔をしていたわ。その一部はあなたのせいよ」

「ピッパを動揺させないでくれ」デヴォンが初めて口を挟んだ。「アシュリーの言うとおりだ。ピッパは今ずいぶんもろくなっている。自分の罪悪感をやわらげたくて中へ押し入っても状況は改善しない。今回くらいはほかの人間を思いやってはどうだ」

友人の声ににじむ非難にキャムはたじろいだ。

「罪悪感とは関係ない」いらだちがこみあげてきた。「くそっ、ぼくはピッパを愛しているんだ。そう伝えなければ」

デヴォンがキャムの肩に手を置いた。「待て。ピッパを愛しているなら待てるはずだ。今はごり押しするんじゃない。本当だ。結果はよくならない。ピッパは限界に達している」

「ここを立ち去る気はないぞ」きっぱり言いきった。

「誰も立ち去れとは言っていないさ」

キャムは目を閉じて肩をがっくりと落とした。「わかった。今はやめておく」

ピッパが肉体的にも感情的にも弱りきっていると考えただけで、心が張り裂けそうだった。今はただピッパをこの腕に抱きたかった。腕に包んで愛を告白し、万事大丈夫だと慰めてやりたい。

肝心なときにそばにいてやれなかったが、今後は断じてピッパのそばを離れない。

アシュリーの大きな青い目が懇願するようにキャムを凝視していた。が、その一方、警告もしていた。

「ピッパと仲直りして。もう二度と傷つけないで」

「ピッパが許してくれれば、残る生涯、彼女を愛し、守り続けるつもりだ」

デヴォンが息を吐いた。「なるほど。その点は大いに疑問だな。楽にはいかないだろう」

自分でも重々承知していたが、確信に満ちた友人の声に心が沈んだ。

「あとからまた顔を出すよ。ピッパの入院手続きをするために」デヴォンが言い添えた。

要するに、戻ってきたときにピッパを動揺させていたら承知しないぞ、と釘(くぎ)を刺したわけか。キャムは同意の印にうなずいて、廊下をゆっくりと遠ざかっていく友人夫婦を見送った。

それから閉じたドアを見やった。一目でもピッパの姿を見たい。彼女に触れたい。そう願いつつ廊下の端から椅子を取ってくると、ドアの前に置いて徹夜覚悟で腰かけた。

ここを立ち去る気は毛頭ない。

そのまま座って病室のドアを凝視してあれこれ考えをめぐらせていた。しばらくしてキャムのほうを心配そうにうかがいながら部屋に入った看護師がすぐに出てきたので、急いで立ちあがった。

「ピッパの容態は?」しわがれ声に近かった。「ぼくは夫です」相手の怪訝(けげん)そうな顔を見て付け加えたものの、夫なら廊下に座っているのがどれほど滑稽かはわかっていた。「ただ……ピッパに休んでほしくて。これ以上ストレスを与えたくなかったので」

看護師の表情がやわらいだ。「患者さんは今眠っていますよ。ぐっすりとね」

うなずいて礼をつぶやいたキャムは、看護師があわただしく立ち去るなりそわそわとズボンで手のひらをぬぐい、音をたてないようドアを開けた。

眠っているならぼくの存在にも気づかないだろう。しばらくピッパの様子を見て無事かどうか確かめられる。ドアをさらに開けて中に入ったキャムは、薄暗い部屋に目を凝らしてすぐに彼女を見つけた。

枕にもたれかかる格好で狭いベッドで眠るピッパは、看護師の言葉どおり熟睡していたが、とても安らかな眠りには見えなかった。片側にがっくり体を倒した不安定な状態で今にもベッドから落ちそうだ。

キャムはもう一歩近づき、一瞬息もできなくなった。〝もろい〟という言葉は言いえて妙だ。ベッドの中のピッパはやけに小さく見えた。乱れた髪からかすかに煙のにおいもする。

青白く、頬がさらにこけたみたいで、目の下に黒いくままでできていた。ピッパの両手に視線を落としたキャムは手のひらの擦り傷を見て顔をしかめた。

ピッパは疲れ果てて見える。デヴォンの言うとおり限界に達したように。そこまで彼女を追いつめたのは自分だ。

キャムはただピッパに触れたくて、我慢できずに手を下げた。顔の輪郭をたどり、口元にかかった髪をやさしく払いのける。

それから身をかがめてピッパの額に唇を寄せ、目を閉じて一瞬だけ口づけをしてささやいた。

「愛しているよ」

ピッパは何かを見逃したのではないかとせっつかれるような感覚で目を覚ました。奇妙な夢だった。炎や煙、恐怖の代わりにキャムとかぎりないやさしさに包まれていたのだ。すばらしい夢だが妙だった。

部屋に時計がないので小窓から射しこむ明るい日差しがなければ、昼間とわからなかっただろう。

とっさに両手で腹部をなでたピッパは、赤ん坊に蹴られたのでほっとして口元をほころばせた。このぶんなら母子ともに大丈夫だ。

そのときドアが開き、グロリア・コープランドが、あわてふためきながらも決然とした顔で駆けこんできた。目と目が合った瞬間、夫人は視線をやわらげ、ベッドに駆け寄ってピッパを抱きしめた。

「かわいそうに。大丈夫？　デヴォンからお医者様の見立てはうかがったけど気が気じゃなくて」

　恥ずかしいことに、ピッパはまたもや泣き始めた。

「ああ、泣かないで」グロリアはピッパの顔から髪を払いのけ、額にキスした。「万事うまくいくわよ。約束するわ。今は何もかも悪く見えるかもしれないけど、我が家で養生すればすぐ元気になるわよ」

　グロリアに再び抱きしめられたピッパは、一日中でも抱いていてもらいたかった。抱きしめられるたびに憂鬱が少しずつはがれ落ちていく気がした。

「うちに帰ったらまずはたっぷり睡眠をとってね。元気になったらエステへ行ってのんびりしましょうよ。アシュリーも連れて」

　ピッパは思わずほほえんだ。

「ほらほら。笑顔になったわね」グロリアが続ける。「まじめな話、心配はいっさい無用よ。ウィリアムに入院費を払ってきてもらうわ。赤ちゃんが生まれるまで我が家に滞在してね。今は赤ちゃんのことが第一だから新しい家を探してストレスをためこむ必要なんてないわ。うちで楽しく暮らしましょう」

そのときふと現実に気づき、ピッパは眉をひそめた。「でも店をずっと留守にはできないし」

「きっとなんとかなるわ。回復するまで何日かは優秀な従業員に任せられるでしょう。そのあとはウィリアムが喜んで毎朝、車で店まで送るわよ」

ピッパは再びほほえんだ。「本当にありがとう。みなさんがいなかったら途方に暮れていたわ」

グロリアがにっこりした。

「さてと、退院の時間を確認してくるわね」

ピッパは枕に背をあずけてため息をついた。事態はすでに好転している。愛する人々の手を借りてきっとこの苦境も乗り越えられるはずだ。

数分後、グロリアが妙な顔つきで戻ってきた。

「先生はなんて?」

ピッパの質問にグロリアが目をしばたたいた。「ああ、あと何時間かで帰宅できるだろうって」

不安がピッパの胸に忍び寄った。グロリアの様子はどこか変だ。「何か問題でも?」

ピッパの鋭い声に顔をあげたグロリアは、ちらりとドアを振り返ってからため息をついた。「どうせすぐにわかることですものね。ドアの外にキャムがいるの。帰るのを拒んで一晩中寝ずの番をしていたみたい。キャムは中に入りたがったけど、無理だと断ったわ。あなたを動揺させたくなくて」

とたんに心が沈みこんだ。ピッパは思わず拳を固め、押し黙った。静まり返った部屋に息遣いだけが響く。そのまま廊下に座るキャムを見透かそうとするように壁を凝視してささやいた。

「キャムには会いたくないわ」

グロリアがピッパの肩を抱いた。「会う必要はないわよ。部屋を出たとき顔を合わせて、ショックを受けてほしくなかっただけ」

「それは大丈夫。教えてくださってありがとう。でもキャムとはもう話すこともないから」

グロリアはピッパのこめかみにキスして、抱いた腕にわずかに力をこめた。「アシュリーも今日退院だから、みんなで我が家に行きましょう」

ぼんやりとうなずきながらも、ピッパの頭はまだキャムのことでいっぱいだった。臆病者ではないが、今は何より彼と顔を合わせたくない。彼の言葉に骨の髄まで傷つけられ、一週間は立ち直れそうもない。

一日一日を大切に生きれば事態はきっとよくなるはず。今はただそう信じるしかなかった。

23

キャムは病室の外の廊下を行ったり来たりしながら、なぜさっさと中に入って無理にでもピッパと顔を合わせないのかといぶかっていた。だが、すぐに首を振った。時も場所もふさわしくない。デヴォンとアシュリーの言うとおりピッパはぎりぎりの状態だ。

ふと目をあげると廊下を歩いてくる親友が見えた。

「ピッパには会えたのか？」デヴォンが病室の前で立ちどまるや尋ねた。

キャムはかぶりを振った。「今アシュリーの母親が付き添っているが、ピッパに近寄らないよう釘を刺された。無理もない話だけどな。アシュリーとケイトリンはどこだ？」

「車だ。出口の脇にとめてある。アシュリーの父親も一緒でピッパとグロリアを自宅に連れて帰る」

キャムはしかめっ面をして手で髪をかき乱した。たしかにピッパには帰る家がない。だが彼女は一緒にいるべきだ。ぼくと。いつも一緒に。これから数カ月、どこだろうとほかの場所にいるべきではない。

キャムはどうしていいかわからず、ため息をついた。こういう感覚には慣れていない。たとえどじを踏んでも言い繕うすべを心得ていたのに、今やまるきり言葉を失っているとは。

病室のドアが開き、目の前にピッパが立っていた。後ろにグロリアが控えていたが、キャムの目はピッパに釘づけだった。顔は青白く、目の下にはくまができている。髪をラフなポニーテールに結び、頬骨がやけに目立つ。両腕も前より細く見えた。健康そうなのは二人の息子がいるおなかのふくらみだけだ。

「ピッパ」動揺した低い声で声をかけた。「無事でよかった」

実際に目の前にいるのか確かめたくて思わず手を伸ばしたが、ピッパがたじろいで体を離したため、キャムは即座に手を引っこめて体の脇で拳を固めた。

ピッパがそばをすり抜けようとしたので目を閉じた。そのまま行かせることはできないとわかっていた。今度はだめだ。こんなふうには。

「ピッパ、待ってくれ」

足をとめたピッパは背を向けたままだったが、やがてゆっくり振り向いた。どんよりと精彩に欠ける目でキャムを見つめ返すと顎をつんとあげた。

「外で待っていてくださる？」ピッパはデヴォンとグロリアに告げた。「一分で終わるので」

グロリアは何か言いたそうだが黙っていた。

「車まで案内できるよう廊下の端で待っているよ」

デヴォンの言葉にうなずいたピッパがキャムに向き直ると、親友とその義母は立ち去っていった。

それ以上我慢できず、キャムは手を伸ばしてピッパの手をとらえた。そのまま引き寄せて胸に彼女の安定した心臓の鼓動を感じた瞬間、安堵(あんど)した。ピッパがぐったりともたれかかってきたので吐息が彼のみぞおちを打った。疲れ果てた絶望的なため息が、相手が肉体的にも精神的にも限界だと告げていた。

ピッパは目を閉じて一瞬彼の首筋に顔を埋(うず)めたが、すぐに体を離し、また無表情な顔に戻った。

「行かないと。二人が待っているわ」

キャムはすかさず抗議した。「うちに一緒に帰ってもいい。ぼくが面倒を見るよ。話したいことが山ほどある。でもまずはきみの身の振り方が先だ」

「だめよ」

キャムは続きを期待していた。自分が反論できる言葉を。ところがピッパは〝だめよ〟ときっぱり言ったきり、こちらを硬い顔で見つめ返すばかりだ。

心臓が飛びだしそうだった。これは想像よりはるかに悪い。前夜以来ずっと抑えていた感情が怒濤のごとくあふれだし、喉元までせりあがってきた。

キャムは彼女の顔に手を添えた。「ああ、ピッパ、あの炎と煙を目にした瞬間、てっきりきみを失ったかと思った」

自分を見つめ返す寒々とした生気のない目に、キャムの背に悪寒が走った。これはぼくが知っているピッパではない。別人だ。ぼくが彼女と心を通わせるのを拒んだせいで作りあげた別人だ。

「こうなるのはわかっていたんだ。何かが起こってきみと息子を失うかもしれないとわかっていたから、その恐怖に振りまわされ、心ない言動を取ってしまった。本気とは言えない言動を」

「ばかな人ね」ピッパがかみついた。「結局はわたしを失ってしまったじゃない。唯一の違いは火事で命を落とさなかった点かしら。実際はどうあれ、あなたにとってはもう死んだも同然よ。この一件の前にわたしと息子を失ったのだから。あなたは長いあいだ、傷つくまいと自分を守り続け、その過程で誰を傷つけても気にしなかった。結局のところうまくいったの？　わたしには最悪の結果にしか見えないけど。そろそろ失礼するわ。帰って休みたいの」

〝結局はわたしを失ってしまったじゃない〟

真実だと知っていればこそ、キャムはその言葉に打ちのめされた。

ピッパが彼を押しのけて進もうとしたので、彼女の手をつかんで指で手のひらをたどった。だが、やがて二人の手が離れ、ピッパは去っていった。

その後ろ姿を見送りながら、キャムは全身を這うしびれるような感覚を味わっていた。ピッパの言葉が、エリースとコルトンを失ってから築きあげた心の砦ににじわじわとしみてきた。

目頭が熱くなり、キャムは目をしばたたいた。初めて混みあった部屋の反対側にいるのを見た瞬間、ピッパがその砦をぐらつかせた。そしていかにがんばっても心の砦を守りきれなかった。ピッパを締めだしておけなかった。自分に嘘をつけなかった。

ぼくはピッパを愛している。初めから愛していたのだ。ピッパに会うまでは一目惚れなど信じていなかったが。いくらぼんくらでもあのときもう彼女が自分を脅かす存在になると悟っていた。だからピッパを追い払い、全力で愛していないと自分に言い聞かせたのだ。彼女を愛したくない、と。

それでもぼくは愛していた。生きたいと願う以上にピッパを愛したかった。だが今となっては手遅れだ。

いきなり肩に手をかけられ、はっとして横を見るとデヴォンが立っていた。

「おまえにもそろそろ同じ助言を伝えたほうがよさそうだ。アシュリーとの仲がこじれて彼女を失うのではとおびえていたころレイフにもらった助言を」

キャムは落胆と絶望で押しつぶされそうになりながら、ポケットに両手を突っこんだ。

デヴォンはキャムを出口から駐車場へと引っぱっていき、車に押しこんでから自分も運転席に乗りこんだ。それから顔をあげてキャムをちらりと見た。

「大人になるか、しっぽを巻いて逃げ帰れ」

キャムは片手で目をこすった。「謎めいた言い方はやめてちゃんと話してくれ」

「だから話しているじゃないか。大人になるか、だめならしっぽを巻いて逃げ帰るかしかないんだ。ここが正念場だぞ。いちかばちか賭けてみろ。おまえの将来と、息子の将来のために。これが最後のチャンスだ。次はない」

「だが、ぼくは許されない言葉を吐いてしまった」

デヴォンが肩をすくめた。「許されないかどうかはわからないじゃないか。おまえはまだピッパに許しを請うてもいないのだから」

「二度と口をきいてもらえなくても責められない」

「ぼくもピッパを責める気はないが、それでおまえは降参するのか？　うすのろだから彼女との新たなチャンスにふさわしくないのか。やれやれ、ぼくらは全員恋人との仲をこじらせたな。レイフにライアンにぼく、最後はおまえか。こと相手が愛する女性となると、どいつもこいつも世界一のろくでなしになり下がってしまうらしい。だがいいか？　ブライアニーはレイフを、ケリーはライアンを許し、アシュリーもぼくを許してくれた。ピッパもおまえを許してくれるさ。ただ許す機会や理由を与えないと」

「ぼくは彼女を愛している」

「愛しているのは知っている。気づいていなかった阿呆(あほう)はおまえくらいさ」

「自分がやりかけたことが信じられない」キャムは苦しそうに続けた。「ピッパを拒もうとしたんだ。我が子まで。あんなまねを許してもらえるか？」

「肝心なのは〝やりかけた〟という点だ」デヴォンが励ました。「自分は大ばか野郎だったとピッパに謝って、二度と同じ過ちは犯さないと誓うんだ」

キャムはため息をついた。「ピッパが耳を貸してくれるといいが」

「耳を貸すようにさせるのさ。ピッパが大切な存在なら、おまえもそう簡単にはあきらめないだろう」

大切な存在だと？ ピッパはこのいまいましい世界のすべてだ。彼女と息子は。そろそろいちかばちか賭けてみるころだ。人生最大のチャンスに。もっとも最悪の結末になる可能性もある。エリースとコルトン同様、二人とも失ってしまうかもしれない。

けれども逆に最高の結末を迎えることもありえる。いつまでも色あせない愛と笑いにあふれた人生。たくさんの子供。ピッパの愛とほほえみ。あえて危険を冒すだけの価値はあるんじゃないのか？

24

「ピッパ、キャムが会いに来ているの。あなたと話ができるまでうちの外で野宿をするんですって」

ピッパはあんぐりと口を開け、グロリア・コープランドを見返した。

「本当に？」

グロリアがうなずいた。「残念ながら。キャムの決意は固そうよ。こけおどしかと思っていたらボストンバッグまで持っていたもの」

「あの人は降参しないのね」ぽつりとつぶやく。

この二日間キャムはピッパにつきまとっていた。電話を皮切りに、コープランド家やカフェを始め、彼女が顔を出しそうな場所に足繁(あししげ)く通い続けた。

それもうまくいかないとわかると愛の告白を綴(つづ)ったメールと花束の攻撃が始まった。何度か姿を見かけたがキャムは取りつかれたような顔で立ちつくし、断固としてピッパの顔から目を離さなかった。

　ピッパは追われているように感じながらも怖くはなく、ただキャムの執着にとまどうばかりだった。

　長いあいだ一縷の望みにしがみついていたが、断腸の思いでキャムとの絆を断とうと決めた。それなのに今度は逆に相手がこちらの気を引こうとしている。

　どう考えても変だし、途方に暮れてしまう。

　ピッパは下唇をかみ、ソファーの背もたれ越しにドアをそわそわと見つめた。キャムの頭の固さは折り紙つきだ。この二日間がいい例だ。

「どうしたらいいかしら？」不安そうに尋ねた。コープランド家に恩を仇で返すのだけは避けたい。

　グロリアがやさしくほほえみ、ソファーに近づいてきてそばに腰かけると、ピッパを抱き寄せて背中をぽんぽんとたたいて慰めてくれた。

「自分の好きにしていいのよ。話したければキャムと二人きりにしてあげるし、一人がいやなら母親ライオンみたいに目を光らせてあげる。会いたくなければ、警備会社に頼んで追い払ってもらうわ」

「ありがとう」ピッパは息を吸いこんだ。「キャムと顔を合わせる心の準備ができていなくて。今はまだ。あの人と話す場合は、あくまでもこちらの条件で会うわ。向こうの条件ではなく」

「その意気よ。警備会社に連絡してくるわ。ほらほら、そんな顔しないの。穏便にすますから」

ピッパはそれでも浮かない顔で眉をひそめ、グロリアが電話をかけに行くと膝を抱えた。これは何も仕返しじゃないわ。言いたいことは全部伝えたもの。今さらキャムと話す用件なんてない。

それなら安心してもいいはずなのに、いつまでも頭の中で疑念が渦巻いていた。なぜなら知っていたからだ。今回はキャムが立ち去るつもりがないことを。前に一度、自分のそばを離れたのとは違って。

〝大人になるか、しっぽを巻いて逃げ帰れ〟

この数日は人生最悪の日々だった。ピッパに話をさせようと手を尽くしたあげく、コープランド家の敷地から追い払われたキャムは、デヴォンからも大目玉を食らうはめになった。

だがピッパの抵抗にかえって決意が固まった。どれほど時間がかかろうと降参はしない、と。

その結果、こうして年齢を問わず女性客がひしめく一流エステの受付前に立っているのだ。

この奥の部屋のどこかに意中の女性がいる。今日こそピッパに理性の声に耳を傾けてもらうぞ。赤の他人の前で胸の内を吐露するはめになってもかまわない。何がなんでも聞いてもらうのだ。

とはいえ、まずは受付の戸口に立つおっかない女性警備員の前を突破しなければ。

ここは正直に行こう。

足を踏みだすや腕組みした警備員ににらみつけられ、キャムはため息をついた。やれやれだ。

・

ピッパは何かどろどろのもので顔から全身までべとついていたが、格別不満はなかった。なにしろいい気分でリラックスしていたからだ。

下のほうでエステティシャンが足をマッサージしてくれている。至福の気分で目を閉じると、まぶたの上に冷えたきゅうりのスライスが置かれた。

そのとき足の甲から両手が離れたので抗議の言葉をつぶやいたものの、すぐにまた別の手の感触を感じた――前よりも固くて大きく、なめらかとは言えない手がかかとを包んでマッサージし始めた。

ぬくもりが両脚に広がり、ほんの少し前に抗議した口が開いて、今度はうっとりため息がもれた。

ピッパはこの新しい手がことさら気に入った。熟練した手つきとは言えないもののつぼを心得ている。

両手でやさしく適度な圧力を加えながら脚の上へと移動してもむと、さらに上にあがってまだ手をつけていない場所へと向かう。

やけに親密なマッサージに驚きつつも、あまりのすばらしさにやめてほしいとも思わなかった。

一瞬両手が離れたかと思うと、蒸しタオルで正体不明の腹部のべたつきをやさしく拭き取ってくれた。

そのまま腹部のふくらみをなでられ、ピッパはまた息をついた。だがおなかに唇を感じたとたんはっと顔をあげたので、まぶたのきゅうりが吹っ飛んだ。

驚いたことに、目の前にキャムがいた。大きな両手で彼女の腹部を包み、肌に唇を押し当てている。

ピッパはなんとか起きあがろうとしたものの、キャムにそっと肩を押し戻されてまた横になった。

「なぜあなたがここに?」金切り声でつめ寄る。「何をしているの? わたしの担当者はどこ? いつからここにいたの?」

キャムは両手を広げてなであげた。「担当者はぼくさ。ぼくはきみのものだ。気まぐれでも要望でも、なんでも仰せのままに」

ピッパは目を丸くしてばかみたいに口をぱくぱくさせた。

キャムはなんだか……変だ。希望にあふれているようにも絶望しているようにも見える。疲労困憊(こんぱい)して心配そうだが、何より決然とした感じだ。光を放つ目が今回は引き下がらないと伝えている。

「ビキニしか着ていないうえに顔もこんな状態で、あなたと話すつもりはないわ」ピッパはぼやいた。

キャムは身をかがめて両手でピッパの顔を包み、息もつかせないほどのキスをした。ようやく唇を離したときには彼の顔にもどろっとした塊がついていて、なんとも……滑稽に見えた。

ピッパは思わず笑顔になり、やがて笑いだした。

「どんな格好でもかまわないよ」ハスキーな声が返る。「今だってぼくの知る中で一番の美女だ」

ピッパは胸のざわめきを無視してため息をついてみせた。「ここで何をしているの？　まじめな話、何が望みなの？　お互い必要な話は全部したでしょう。今さら話したってまた混乱するのが落ちだわ」

キャムの目が青い火の玉と化し、彼女の顔を焦がした。「いや。まだ終わってない。きみに聞かせたいことが山ほどあるんだ。ぼくの話を聞いてくれ」

熱い口調にピッパは目をぱちくりさせた。とにかく横になったままこんな会話はできない。

つかの間もがいたものの、とうとうキャムに片手を伸ばした。「起こしてちょうだい。話をするなら、お互いにシュークリームみたいな状態ではいやよ」

キャムの手を借りてリクライニングチェアに脚を投げだす格好で腰かけてから滑りおり、シンクへ行って顔のクリームを洗い流した。次に濡(ぬ)らしたタオルを持って戻り、キャムの顔を拭いた。

キャムはそのあいだもじっと立っていたが、目はピッパから離さなかった。残らず拭き取って一歩下がると、突然、無防備な気分になり体を覆いたくなった。

そこでフックからロープをつかんではおり、おなかのふくらみにしっかりと巻きつけた。

それでもまだキャムは身じろぎもせずこちらを凝視している。

やがて耐えられなくなったみたいに距離を縮めて彼女を抱き寄せ、たがが外れたように唇を奪った。

そのままピッパを息もできないほどしっかりと抱きしめたまま体を震わせて、激しく、がむしゃらに唇をむさぼった。

ようやく体が離れたとき、ピッパはキャムの瞳にあふれる感情を見て取って衝撃を受けた。それはすべてを失い、苦悩する者のまなざしだった。

「きみなしでは生きていけないんだ、ピッパ」彼は低い声で切りだした。「ぼくにきみと息子のいない人生を歩ませないでくれ。きみたち母子(おやこ)を心から愛しているんだ。ぼくにとって今は生き地獄に等しい状態さ。目を覚ましてからずっときみのことばかり考えている。明けても暮れてもきみの身を案じ、夜はきみを抱きたくて身がうずく。きみがいないと魂がむしばまれるようだ。きみはぼくのすべてだ。そう、すべてなんだ」

ピッパは感情を制御しようとつばをのみこんだ。キャムに食ってかかりたいが、なんの解決にもならないのは百も承知だ。それでも彼の言葉――二度と取り消せない言葉のせいで心の傷は今なお深い。

「ずいぶん月並みね。わたしが九死に一生を得たあと、目から鱗が落ちたようにわたしなしで生きられないと悟るなんて」声を落としてつぶやいた。

「それは間違いだ」キャムは語気荒く言い返した。「ぼくはあのときすでに気づいていた。自分の思いと闘っていたが、わかっていたんだ。すでにきみを愛していると。あのとき、きみを愛していないとは言わなかったはずだ。絶対に。ぼくはきみを愛したくないと言ったんだ。あのいまいましい火事がきっかけで気づいたんじゃない。あの火事でぼくが怖じ気づいたかだって？　ちくしょう、そのとおりさ。炎に包まれたきみの姿や、きみが味わったはずの身の毛もよだつ恐怖を想像したら夜も眠れない。あの晩きみを追いかけていったんだ。きみが病院にいるのをどうやって知ったか尋ねてみてくれ。ピッパ。くそ、尋ねてくれ！」

キャムを見つめ返すピッパの指が震えていた。「ど……どうやって知ったの？」

「きみが帰ったあと矢も盾もたまらず車で追いかけたからさ。知っていたんだ。きみを立ち去らせるという人生最大の過ちを犯したと。ひどいショックを受けていたが、それでもあとを追えば万事丸くおさまるとわかっていた。ところがいざ到着したらきみの家は火の海だった。正直まただと思った。でも今回は防げたかもしれない。そうとわかっていただけに死にたくなった。自分の胸の内をきみに伝えていたら、あそこまで恐れていなかったらと悔やんで」

その激しい口調にピッパは目をみはり、口をぽかんと開けた。

「ちくしょう、そうだ。ぼくはきみを失うのを恐れていたんだ。だがここに来たのはそのせいじゃない。きみの足元に這いつくばって新たなチャンスをくれと頼んでいるのは別の理由からだ。きみを愛しているからさ、ピッパ。ずっと愛していたが、本当は愛したくなかった。ぼくは闘っていたんだ。きみとぼくらの息子への愛情と」

ピッパが口を開きかけたが、キャムが再び近づいてその唇をやさしく指で封じた。

「話さないで、ただ黙って聞いてくれ。頼む。話したいことが山ほどあるんだ。穴埋めしたいことが」

ピッパは無言でうなずいた。

キャムが彼女の顔を両手で包んで見おろした。その目に宿る苦悩にピッパの胸はうずいた。

「もう自分と闘うのに疲れたんだ。きみと息子と暮らしたい。常に最悪の事態を想像するのに疲れ果てた。愛する者を失った苦痛を忘れようと、死ぬほどの苦悩から自分を守ろうとするのに。たとえきみとの生活が一年しかないとしても、ぼくはそっちを取る。そして残る人生その思い出を慈しみ、きみとの時間を胸に刻んで幸せな男として死のう。たとえその先一生、一人で生きていくはめになっても」

心の底からほとばしるような生々しい告白にピッパは魂の芯まで揺さぶられた。キャムの誠意は疑いようもなく、その瞳には真実が宿っていた。

キャムは親指でピッパの頬の線をたどり、両手でやさしく顔を包んだ。愛情のこもった目で見つめられ、ピッパは胸がつまり、涙がこぼれそうになった。

「ぼくはきみにひどいまねをしたろくでなしだ」キャムがかすれた声で続けた。「きみを遠ざけようとしてあらゆる手を尽くした。きみや息子との新たなチャンスには値しない男だが、それでも頼むよ。必要なら土下座もする。きみにもうあのときとは違う男だと確信してもらえるまでなんでもしよう。ぼくはあのときよりはましになった。あのときよりもましになりたいんだ。これから先一生かけて頼りになる男だと証明してみせるよ」

ピッパの心から愛があふれそうになった。胸がうずくほどの愛が。「ああ、キャム、わたしのためを思うなら、ただ最悪の事態を想像するのをやめてくれればいいの。できれば、もう二度とあなたのそばを離れないわ。息子と二人であなたを愛し、ずっと一緒にいるわ」

ピッパは手を伸ばしてキャムの顎をなでた。

「あなたが過去に経験した悲劇を気の毒に思うわ。でも新たなチャンスを授かった今、その贈り物をどうするかはあなたしだいよ」

キャムはピッパの手をつかんで顔を近づけ、手のひらに口づけた。「きみこそが贈り物だ、ピッパ。きみのような人にめぐりあえるとは思いもしなかった。しかもこうして息子まで授かるなんて」喉がつまったので彼女の手のひらに唇を当てたまま息を整えた。「きみを愛している。どうか許してくれ」

ピッパは心臓が破裂しそうになり、彼の腕に飛びこんでしっかりと抱きしめ、ありったけの愛情を注ぎこんだ。

「許してあげる」ピッパはささやいた。「あなたを愛しているわ、キャム。心から愛してる」

しっかりと抱きあったままキャムが彼女の髪をなでて、頭のてっぺんにキスした。

そのとき背後から拍手喝采が聞こえてきた。そろって体をまわすや、キャムがピッパを守るように脇に引き寄せた。見ればグロリアやアシュリーと一緒に女性が数人、ドア口にいた。

女性陣はみなうれし涙を流していた。

「よくできたわね、坊や」グロリアがキャムに親指を立ててみせた。

キャムは笑みを返し、ピッパをさらに抱き寄せた。大柄な体が震えているのに気づいて彼女は驚き、目をあげた。

ピッパは彼の手を取ると指をからませて静かな庭に続くドアへと引っぱっていき、みんなには手を振って大丈夫だと伝えてから部屋をあとにした。

青々と茂る庭には泉に流れこむ水のせせらぎしか聞こえてこない。花の香りが立ちこめ、狭い空間ながら色彩があふれていた。

「座って」

キャムは促されて泉のそばのベンチに沈みこんだものの、つないだ手を放そうとはせず、ピッパが立ち去るのを恐れているかのように引き寄せた。

「きみを愛してる」荒々しい声で告げた。「もう一度言ってくれ、ピッパ。ぼくを愛していると。あんなひどい仕打ちをしたぼくを許してくれると。どうしても聞きたいんだ」

ピッパはにっこりして体を傾け、たくましい脚のあいだに身を落ち着けた。キャムがピッパの体に両腕をまわしておなかのふくらみに頬を当てたので、彼の乱れた髪に指を差し入れた。

「愛してるわ、キャム。あなたを許すわ。本当よ」

キャムはうめき声をもらしてピッパの手を握りしめた。それから顔をあげ、彼女の視線をからめ取った。

「一緒にうちに帰ろう。ぼくのそばにいてくれ。きみなしでもう一時も過ごしたくないんだ。結婚してくれ。ぼくを愛してくれ。一生をともにしてくれ。必ず幸せにすると誓うよ」

ピッパは胸がきゅんとなって、頬が痛くなるほどほほえんだ。「ああ、イエスよ。わたしもあなたともう一時も離れていたくないわ」

「ぼくと結婚してくれるかい？　最高のプロポーズでないのは百も承知だから、また改めてきちんとするよ。約束する。指輪を買ってひざまずこう。何がなんでも、きみを幸せにしてみせる」

ピッパはキャムの眉間のしわに触れ、指先でなでた。「わたしを幸せにしてくれるのはあなたよ。わたしを愛してくれるあなたよ」

「それならきみはきっと幸せな女性になれる」キャムが断言した。「なぜならぼくは息をするたびにきみを愛するからだ。これから一生かけて愛するよ」

エピローグ

居間は笑いさざめく人であふれていた。キャムの家はもはや薄暗い洞窟とは似ても似つかず、愛と幸福に満ちた風通しのいい家になっていた。

ピッパはソファーに腰かけてオットマンに足をあずけ、キャムとその仲間が幼子をあやすほほえましい様子を見守っていた。

ラファエル・デ・ルカとその妻ブライアニーは二日前に娘のエイミーを連れてきた。最後の客はライアン・ビアズリーと妻のケリーで、終の棲家であるセント・アンジェロ島から飛行機で今日到着した。娘のエマの誕生日はエイミーと数週間しか違わない。

ピッパは知っていた。キャムの采配でみんながこうして集ってくれたのだと。友達や家族に見守られ出産したいという彼女の夢をかなえるために。

キャムは折に触れて惜しみない愛情と思いやりを注いでくれる。この産休中も結局、彼女が復帰してフルタイムで働くか決めるまで、店にパティシエを派遣してくれたくらいだ。

今やピッパは究極のおとぎ話の中で暮らしていた。自分を永遠に拒むに違いないと考えていた男性と一緒に。世界一幸せな気分だった。

結婚式は二人のたっての希望で親しい友人と親族を招いてひっそりと行われた。キャムの仲間とは結婚式が初対面だったが、予想に反してみな社交的で心の温かい面々で、すっかり気に入ってしまった。

中でもお気に入りは一番物静かなケリーだ。子煩悩にしてやさしい笑顔の持ち主で、夫のライアンは妻子のそばを片時も離れない。

思わずにっこりしたピッパは、新たな陣痛の波に襲われたとたん顔をしかめたものの、すぐさま穏やかな笑みを貼りつけ、夫を盗み見た。

キャムはエマを抱いたライアンの隣に立ち、友達と談笑中だ。おもしろいことに四人とも仕事の話はそっちのけで我が子自慢を披露し、うちの子は世界一利口でかわいらしいと親ばかぶりを発揮している。

ブライアニーが目をくるりとまわしてピッパのそばにどさっと座った。アシュリーは反対側に陣取り、ケリーはソファーの脇の肘掛け椅子に腰かけている。

「キャムの変化には驚いたわ」ブライアニーが静かな声で切りだした。「なんだかとても……幸せそう。前みたいな暗い感じがなくなって。笑い声なんて聞いた覚えがないし、笑顔もめったに見せなかったのに。あなたは奇跡を起こしたのね、ピッパ」

「すばらしい男性なのよ。まだずいぶん過保護で、わたしや赤ちゃんに何か起きると考えたら頭に血がのぼるみたいだけど、それでもじょじょにネガティブな考え方をしないようになってきたわ」

アシュリーは親友の手を握りしめた。「キャムはあなたを心から愛しているのよ。あなたとめぐりあえて幸運だったわ。おかげで救われたんだから」

新たな陣痛に腹部を締めつけられ、ピッパはうめき声をあげそうになった。すかさずケリーが眉をひそめて椅子から身を乗りだした。

「ピッパ、どうかしたの？」

「しーっ！　キャムが聞いたら動揺するから」

「それならどうしたのか教えて」アシュリーが声を潜めた。「今の表情だと、もしや陣痛があるの？」

ピッパは息を吐いた。「ええ、しばらく前から」

「なんですって？」ブライアニーがつめ寄る。「なぜ今まで言わなかったの？」

「キャムがパニックに陥って必要以上に苦しむといけないからよ。病院には陣痛が二分間隔になってから行くことになっているし」

「あら、それじゃ遅いわ」アシュリーがあわてた。

「わたしはお医者様に陣痛が五分間隔で、最低一分続いたら来るように言われたけど」今度はケリーだ。

ピッパはつばをのみこんで腹部に手を置いた。

「またなの？」アシュリーが尋ねた。「間隔は？」

「五分から七分ってところかしら。たしか何かで陣痛が二分間隔になるまで待つべきだと読んだけど」

アシュリーが怖い顔をした。「どこで読んだの？　あなたはいつも分娩（ぶんべん）の章は飛ばしていたじゃない」

ブライアニーが立ちあがり、ピッパの腕を引っぱった。「キャム、ピッパはもう病院へ行かないと」

男性陣がいっせいに振り向いた。キャムは怪訝（けげん）そうな顔をしていたが、即座に重要性を悟ったらしく顔が蒼白（そうはく）になった。

目に不安をにじませ、急いでピッパのそばに来た。

「ハニー、そろそろなのか？」

「本当はもう何時間も前に病院に行くべきだったのよ」アシュリーが憤然と口を挟んだ。

キャムはきょとんとした顔をしている。

「病院へ行くタイミングを間違えていたみたい」

夫に説明するなり新たな陣痛に襲われてピッパは顔をしかめ、目を閉じた。目を開けるころには軽くあえいでおり、一同の心配そうな視線を浴びていた。

キャムが妻を抱きあげた。「行こう」言うが早いか、大股に部屋を歩きだした。

ピッパは笑い声をあげたが、夫がガレージに向かい始めるとたくましい胸に身をあずけた。二人の背後は大混乱で、みんな各自の車に急ごうと赤ん坊やおむつバッグが飛び交っている。

キャムがピッパを助手席に座らせて慎重にシートベルトを締めてくれた。夫の手が離れると、彼女は彼の頬を片手でいとしげに包んだ。

「ねえ、大丈夫よ。わたしたちは大丈夫」

キャムは激しく口づけると、妻にならってその顔を手で包みこんだ。「わかってる。さあ、病院へ連れていってあげよう。そのあと息子とご対面だ」

「いきんで、ピッパ！　いいぞ、もう一回！」

医師の言葉にピッパは息を吸ってから目を閉じた。

「いきんで、ベイビー。いきむんだ」キャムが何度も励ます。「きみならできる。もうすぐだぞ」

次の瞬間、ふいにおなかの子が滑りでた。

赤ん坊の泣き声が部屋の反対側から聞こえてきて、ピッパは圧倒されるほどの感動に息をのんだ。

「息子に会う心の準備はできているかい？」

医師の声がして、看護師がおくるみで赤ん坊を包んでからピッパの腕に置いてくれた。赤ら顔で泣きわめく我が子を見おろすと目頭が熱くなった。

ピッパは夫を見あげてゆっくり息子を手渡した。

キャムが赤ん坊をこわごわと抱いた。畏敬の念に打たれたように惚れ惚れと見おろしてからほほえむ。

ピッパはこれほど美しく、純粋な笑みを見たことがなかった。喜びあふれるその表情に喉がつかえ、涙をのみこまなければならなかった。

「なんて美しい子だろう」

ささやきとともに驚いたことに、キャムの頬に涙が一筋流れ、あとからあとから滑り落ちた。彼は震える両手で我が子をさらに抱き寄せた。

それから身を乗りだして、二人のあいだに息子を挟んで額を妻の額に重ねた。「愛してる」キャムは声をつまらせた。「ありがとう、ピッパ。息子をありがとう。この子はきみにそっくりだ。完璧だよ。どこもかしこも」

涙がこぼれ、ピッパは目を閉じた。これほどすばらしい瞬間は初めてだ。二人ともこのひとときを忘れはしないだろう。

「名前はどうする？」ピッパはささやいた。

キャムは慎重に妻の腕に息子を戻したが、ベッドに身を乗りだしてあらゆる動きを見守っていた。

「マーヴェリックはどうかな？」少しして提案した。「マーヴェリック・ホリングスワースだ」

ピッパはほほえんだ。「気に入ったわ」

息子が母親に抱かれたまうとうとし始めると、キャムはまたもピッパに口づけた。やがて体を引き、震える両手で妻の顔をなでた。

「これから先一生、毎日、息をするごとにきみとマーヴェリックを愛するよ」

ピッパは疲れ果てていたものの頬が痛くなるほどにっこりした。

「あなたはきっとそうしてくれるでしょうね。でも、いい？　わたしもあなたを愛するわ。

毎日、息をするごとに。そしていやになるほど長生きするつもり。あなたが八十歳になるころには最大の頭痛の種になるはずだけど、あなたはきっとそんな日々を愛してくれるでしょうね」

のけぞって大笑いするキャムの目が陽気に輝いていた。「その点は信じて疑わないよ。年を取って白髪になってもまだきみに、背筋を正してまっとうに生きろと命令されるんだろうな」

そこで看護師に病室に移る準備をと促されて、会話が中断した。

「マーヴェリックをみんなに会わせてきたら?」ピッパは勧めた。今ごろはもうコープランド家の面々も病院に到着しているはずだ。キャムの友達も全員、病院で夜通しお産につきあってくれていた。

キャムは立ちあがり、再度息子をピッパの腕から抱きあげて妻を見おろした――この先も妻という言葉に飽きることはないだろう。これほど美しいピッパを見たことはない。彼はそう思った。

くたびれ果てていても美しく勇敢な妻。キャムは身をかがめ、愛妻の額にキスして再び背を伸ばした。

「すぐ戻るよ」

ピッパが疲れてはいるものの笑顔を見せ、愛情いっぱいのまなざしを注いでくれたので、キャムは腹に一撃を食らった気がした。妻を見ただけで今でもそうなる。いまいましいことにいつも。

キャムはきびすを返すと、生まれたての息子を守るように抱いたままドア口に向かった。待合室へと廊下を一足進むごとに喉の塊がふくれあがっていく。

ぼくの息子。ぼくの奇跡。幸福になる二度目のチャンスを与えてくれた――父親になるチャンスを。

目頭が熱くなり、まばたきして視界のもやを払った。

待合室に入ると、みんながはっと顔をあげて勢いよく立ちあがった。足をとめたキャムは笑み崩れた。暗い人生に耐え忍んだあと太陽の下に出てきたような、そんな満面の笑みだった。

「みんな、息子を紹介したいんだ」

＊本書は、2013年3月に小社より刊行された
『愛を拒む大富豪』を改題し文庫化したものです。

この手を離してしまえば

2022年5月15日発行　第1刷

著　者　マヤ・バンクス
訳　者　八坂よしみ
発行人　鈴木幸辰
発行所　株式会社ハーパーコリンズ・ジャパン
東京都千代田区大手町1-5-1
03-6269-2883（営業）
0570-008091（読者サービス係）

印刷・製本　中央精版印刷株式会社

ISBN978-4-596-42931-5

mirabooks

忘却のかなたの楽園
マヤ・バンクス
小林ルミ子 訳

所有する島の購入交渉に来たラファエルと恋に落ちたブライアニー。契約を交わすと彼との連絡は途絶える。妊娠に気づき訪ねると、彼は事故で記憶を失っていて…。

忘れたい恋だとしても
マヤ・バンクス
藤峰みちか 訳

会社経営者ライアンと婚約し幸せの絶頂にいたケリーは、ある日彼の弟との不貞を疑われ捨てられた。半年後、彼の子を身ごもるケリーの前にライアンが現れ――

いつか想いが届くまで
マヤ・バンクス
深山ちひろ 訳

若き実業家デヴォンから夢見たとおりのプロポーズをされ、幸せの絶頂にいた花嫁アシュリー。世間知らずの彼女は、それが政略結婚だと知るはずもなく…。

心があなたを忘れても
マヤ・バンクス
庭植奈穂子 訳

ギリシア人実業家クリュザンダーの子を宿したマーリーは、彼にただの〝愛人〟だと言われ絶望する。しかも追い打ちをかけるように記憶喪失に陥ってしまい…。

後見人を振り向かせる方法
マヤ・バンクス
竹内 喜 訳

イザベラが10年以上も片想いをしているのはギリシア富豪一族の次男で後見人のセロン。だがある日、彼がどこかの令嬢と婚約するらしいと知り…。

一夜の夢が覚めたとき
マヤ・バンクス
庭植奈穂子 訳

楽園のような島のホテルで職を得たジュエルはその日、名も知らぬ男性に誘惑され熱い一夜を過ごす。だが彼こそがオーナーのピアズで、彼女は翌日解雇され…。